그라운드의 사령관

그라운드의 사령관 5

예성 현대 판타지 장편 소설

초판 1쇄 찍은 날 | 2016년 9월 12일
초판 1쇄 펴낸 날 | 2016년 9월 19일

지은이 | 예성
펴낸이 | 예경원

기획 | 위시북스
편집책임 | 박우진
편집 | 이즈플러스

펴낸곳 | 예원북스
등록번호 | 제396-2012-000132호
등록일자 | 2012. 7. 25
KFN | 제1-027호

주소 | 경기도 고양시 일산동구 호수로 646-24 위너스21 II 빌딩 206A호 (우)10401
전화 | 031-819-9431 팩스 | 031-817-9432
E-mail | yewonbooks@naver.com

ISBN 979-11-5845-443-2 04810
979-11-5845-578-1 (set)

※ 이 도서의 국립중앙도서관 출판시도서목록(CIP)은 서지정보유통지원시스템 홈페이지(http://seoji.nl.go.kr)와 국가자료공동목록시스템(http://www.nl.go.kr/kolisnet)에서 이용하실 수 있습니다.

WISHBOOKS MODERN FANTASY STORY
예성 장편소설
그라운드의 사령관
5
Wish Books

CONTENTS

그라운드의 사령관

1장

새로운 경험

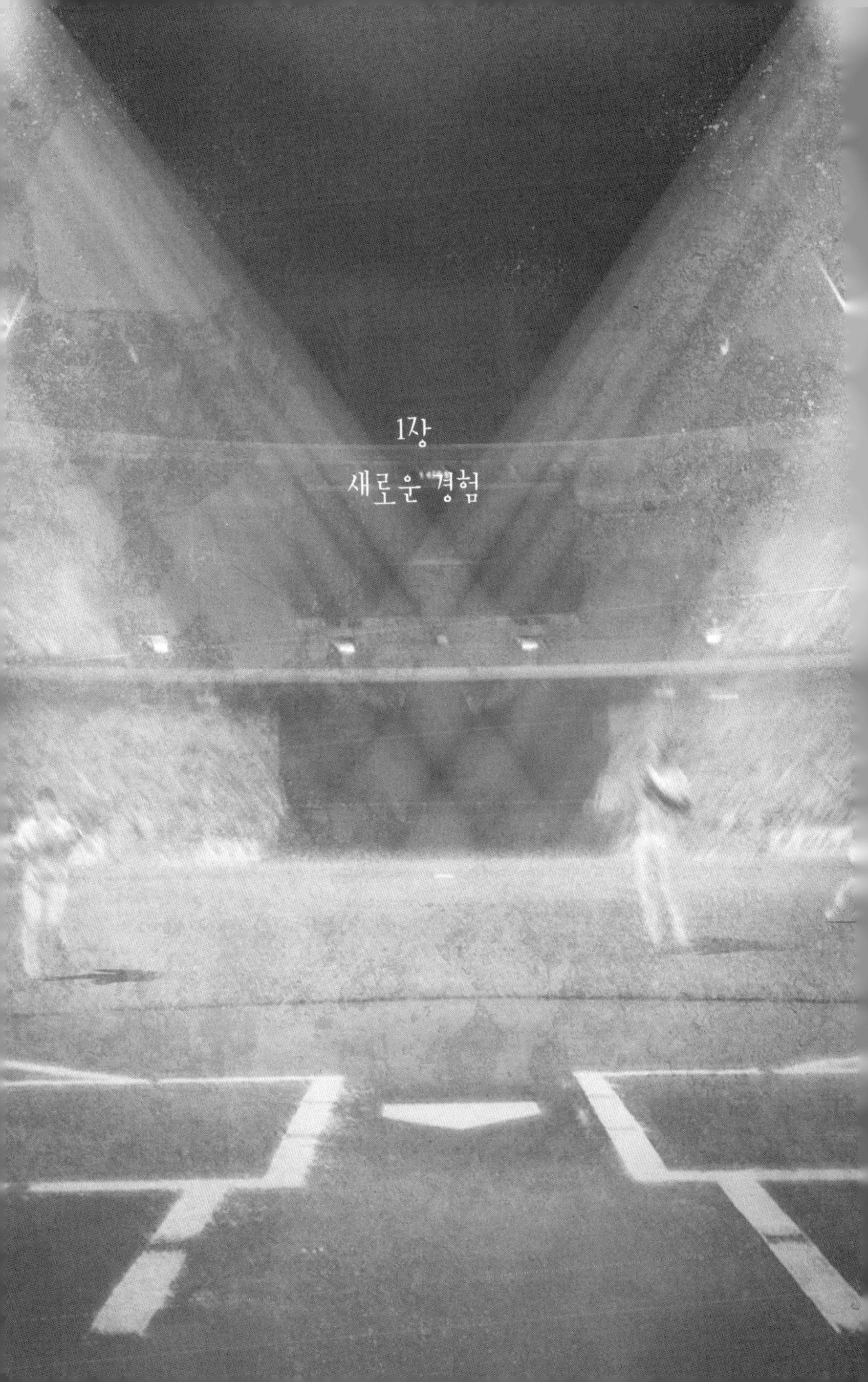

인천의 한 고깃집.

박현우를 비롯해 와이번스 1군 선수들이 모였다. 또 그와 친분이 있는 몇몇 선수도 얼굴을 비쳤다.

"오늘 이렇게 제 조촐한 은퇴식에 와주셔서 감사합니다. 그동안 여러분 덕분에 즐겁게 야구를 할 수 있었습니다. 다들 맛있게 드시고 즐겁게 마십시다!"

"예!"

술자리는 분위기가 좋았다. 선배들이 그런 분위기를 이끌고 있었기 때문이다.

찬열도 참여했다.

평소 술을 즐기지 않지만 선배의 은퇴식이 있는 자리다.

이런 날까지 빠질 수 없었다.

한 잔, 두 잔. 술을 마시자 박현우가 옆으로 다가왔다.

"맛있게 먹고 있나?"

"예."

비어 있는 술잔을 보고 박현우가 소주를 따랐다.

"맛있게 먹고! 내년에도 와이번스의 안방을 잘 부탁한다."

이럴 때는 무슨 대답을 해야 될까?

가까운 선수가 은퇴를 하는 건 이번이 처음이었다. 고민하던 찬열은 마음이 시키는 대로 했다.

"예!"

힘찬 대답이 마음에 들었는지 박현우가 잔을 부딪쳤다.

"위하여!"

"위하여!"

소주를 들이켰다. 씁쓸하고 화끈한 알코올이 목을 지나면서 크윽-! 하는 소리가 동시에 났다. 이거면 충분하다는 생각이 들었다.

* * *

찬열은 매일 바쁘게 지냈다.

시즌 기간 동안 미뤄두었던 광고 촬영이 줄을 이었다. 다행스러운 점은 김영재가 TV에 송출이 되는 광고 위주로 잡았다는 것이다. 작년에는 영 적응이 되지 않던 촬영이다.

하지만 한 번 해봐서인지 올해는 그럭저럭 할 만했다.

김영재는 코디와 매니저를 따로 고용해서 일처리가 원만하게 진행되도록 했다. 덕분에 작년보다 촬영이 한결 편했다. 찬열은 촬영 중간중간 대본을 읽어갔다.

"무릎 팍 도사 대본이에요?"

임시 매니저인 이홍균이 물었다.

"예, 모레 촬영이라 조금씩 읽어 두려고요."

"아하, 너무 외우려고 하지 않아도 돼요."

찬열이 무슨 소리냐는 얼굴로 그를 바라봤다.

"기본적으로 대본이 있긴 하지만 애드리브로 촬영이 되는 경우가 많거든요. PD도 그런 쪽으로 살리는 걸 좋아하고요. 그래서 짓궂은 질문도 많이 나옵니다."

"아, 그래요?"

"네, 일단 대본은 참고만 한다고 생각하시는 게 편해요."

"감사합니다."

찬열이 고개를 숙여 인사를 했다. 방송에 출연하는 게 처음은 아니다. 스포츠 방송의 경우 몇몇 프로그램에 출연한 적도 있다. 하지만 공중파는 처음이다.

최근 인기가 높은 토크쇼라는 것 역시 부담감을 주었다.

'에효, 차라리 경기에 나서는 게 마음 편하지.'

예전에는 이런 프로그램에 출연하는 스타 선수들이 부러웠다. 하지만 당사자가 되니 그러지도 않았다. 오히려 부담감만 생겼다.

'쩝, 그래도 일이니 열심히 해야지.'

잡념을 털어내고 대본을 읽었다.

이틀 뒤.

찬열은 김영재와 함께 이동했다. 오늘은 여의도에서 무릎팍 도사 녹화가 있는 날이다.

"PD에게 물어보니 녹화는 4시간 정도 걸린다고 하더군요. 조금 더 길어질 수도 있어서 오늘 스케줄은 이거 하나만 잡아 뒀습니다."

"그렇게 길어요?"

"아무래도 편집을 해야 하니 녹화를 길게 한다고 하더군요."

방송에서는 1시간 남짓의 이야기만 나온다. 그렇기에 녹화를 이렇게까지 길게 할 줄은 몰랐다.

"힘들겠지만 이것도 경험이다 생각하시면 조금 편하실 겁니다."

"예, 참, 제가 부탁드렸던 건 어떻게 됐나요?"

"오늘이나 내일 중에 연락이 올 겁니다. 연락이 오는 대로 바로 말씀을 드리겠습니다."

"네."

이야기를 나누는 사이 차는 방송국에 도착했다.

입구에서부터 신분 확인을 한 뒤 차를 주차할 수 있었다.

방송국 건물로 들어서자 기다리고 있던 관계자와 만날 수 있었다.

"어서 오세요. 무릎 팍 도사 조연출을 맡고 있는 우영태입니다."

우영태라 밝힌 관계자의 뒤를 따라 두 사람은 안으로 들어갔다. 촬영 장소에 도착하자 이미 준비는 끝나 있었다.

"그럼 준비하시고 시작하시죠."

"예."

간단한 인사를 한 찬열은 대기실로 이동해 간단한 메이크업과 정장으로 옷을 갈아입었다.

"후우-!"

이제 시작이다.

촬영은 빠르게 진행됐다.

MC들의 실력이 워낙 좋다 보니 편안하게 촬영을 할 수 있었다.

"이야~ 정찬열 선수, 완전 방송 체질 아닙니까? 은퇴하고 방송인하면 되겠어요."

"감사합니다."

PD의 말에 고개를 숙인 찬열이 김영재와 함께 대기실로 돌아왔다. 문을 열고 들어서자 긴장이 풀렸는지 맥이 빠지는 느낌이었다.

"너무 힘드네요."

"하하! 너무 잘하셨습니다. PD의 말대로 은퇴 뒤에는 방송에 진출해도 되겠어요."

"체질에 안 맞아요."

찬열이 고개를 절레절레 흔들었다.

그 모습을 보고 웃던 김영재가 화재를 돌렸다.

"참, 촬영을 하는 도중에 미국에서 연락이 왔습니다."

찬열의 눈이 빛났다.

"어떻게 됐습니까?"

"흔쾌하게 오케이를 했다는 연락입니다. 조만간에 스케줄을 잡고 출발하면 됩니다."

"정말이요?"

"예, 그전에 연봉 계약을 마무리하고 남은 광고 촬영도 끝내야 되지만요."

"알겠습니다."

없던 힘이 나는 것 같았다.

그만큼 오늘 소식은 그에게는 고대하던 일이었다.

* * *

찬열은 와이번스 구단 사무실에 앉아 있었다. 작년에도 비슷한 시기, 같은 자리에 있었다. 올해도 작년과 마찬가지 이유였다.

연봉 협상.

찬열은 어느덧 팀 내에서 한 손에 꼽을 정도의 높은 연봉을 받는 선수가 됐다. 그의 위로는 팀의 에이스 윤정길과 주장인 김상필만이 있었다.

하지만 올해 역전될 가능성이 높았다.

리그 최초의 60홈런, 아시아 신기록, 세계신기록 등.

숱한 화제를 불러일으키며 2년 연속 우승에 막대한 기여를 했다. 당연히 인상폭이 클 수밖에 없었다. 작년까지만 하더라도 연봉 협상에서 불협화음은 없었다. 구단에서는 성적만큼 올려주었다. 하지만 올해는 다를 수 있었다.

오기 전에 김영재와 이런저런 이야기를 오래 나누었던 이유기도 했다.

'전례가 없기 때문에 오래 걸릴 수도 있다라…….'

찬열의 성적은 유례가 없었다. 그러다 보니 인상폭이 원하는 수준에서 나오지 않을 수도 있다.

한편으로는 기대를, 다른 한편으로는 불안감을 안은 채 찬열은 음료수를 들이켰다.

그때 문이 열리고 이진구 단장과 김태원 과장이 들어왔다.

스카우트 팀장이었던 김태원은 찬열을 영입하는 데 결정적인 역할을 했다. 덕분에 현재는 과장으로 승진한 상태였다.

"오래 기다리게 해서 미안하네."

이진구 단장의 사과로 이야기가 시작됐다.

"작년 한 해 자네 덕분에 정말 즐거운 나날을 보냈네. 사장님과 구단주님 역시 자네의 성적을 높게 평가하고 있어."

"감사합니다."

"사실 이런 자리에서는 밀고 당기는 이야기를 조금 해야 되지만 내 성격이 그렇지 못하네. 그러니 바로 본론을 이야기하도록 하지."

이진구 단장의 호쾌한 성격은 잘 알고 있었다.

그랬기에 당황하지 않고 그의 입이 열리기를 기다렸다.

"구단에서는 자네의 내년 연봉으로 3억을 책정했네."

찬열이 동공이 흔들렸다.

예상하지 못한 수치다.

3년 차 최고 수치는 오성훈이 기록한 1억 3천만 원이 최고 액수다.

동기인 류성일 역시 연봉 협상에서 1억 8천만 원을 보장받았다. 그런데 자신은 그보다 1억 2천만 원이나 많은 액수다. 사실 찬열과 김영재는 2억 5천만 원을 산정하고 있었다.

한데 구단에서 처음부터 그보다 많은 액수를 제시한 것이다. 망설일 이유는 없었다.

"생각해 주셔서 감사합니다."

찬열은 바로 계약서에 사인을 했다.

* * *

[인천 와이번스 정찬열 선수와 3억원에 계약 합의!]

[3년 차 최고 연봉을 갱신하는 정찬열!]

[일각에서는 시장의 균형을 깨는 게 아닌가? 라는 우려의 목소리도!]

성적.

연봉 협상.

모든 것에 화제를 모으고 다니는 찬열이었다. 그의 연봉 합의 기사가 인터넷에 뜨자 다시 한 번 인터넷이 뜨거워졌다.

하지만 찬열은 그런 세간의 반응을 무시한 채 본가에서 부모님과 함께 시간을 보내고 있었다.

"시작하네!"

어머니의 말에 소파에 몸을 기대고 있던 아버지가 몸을 일으켰다. 찬열도 다소 긴장된 얼굴로 TV를 바라봤다.

곧 광고가 끝나고 무릎 팍 도사가 시작됐다.

특유의 오프닝쇼와 함께 문이 열리면서 찬열이 들어섰다.

"우리 아들 메이크업 했구나?! 아주 인물이 났네! 났어!"

어머니가 박수까지 치면서 좋아하셨다.

아버지도 좋아하는 눈치였지만 딱히 내색하지는 않으셨다.

'쩝, 완전 어리바리하네.'

TV에 비친 자신의 모습이 영 마음에 들지 않는 찬열이었다.

[비 내리는 호남선~]

그때 어머니의 핸드폰이 울렸다.

"어머, 진숙아! 그래, 우리 찬열이지! 호호! 너도 그렇게 생각하니?"

전화는 한 통이 끝이 아니었다.

연달아 전화가 쏟아졌고 결국 아버지의 큰소리에 어머니는 구시렁대며 전화기의 전원을 꺼야 했다.

[딩동-! 메시지 왔습니다.]

이번에 울린 건 찬열의 전화였다.

찬열은 핸드폰을 꺼내 메시지를 확인했다.

[찬열 씨, TV 출연 축하해요. 메이크업 잘 먹었네요.]

발신자를 확인한 찬열이 어색하게 웃었다.

윤주희였기 때문이다.

시즌 중에는 개인적으로 연락할 기회가 없었던 그녀다.

'나한테 먼저 연락을 해왔다는 건 관심이 있다는 거겠지?'

찬열도 남자다. 윤주희 정도 되는 여자가 다가오면 가슴이 설렐 수밖에 없었다. 어떤 답장을 보내야 좋을지 고민하다 핸드폰의 기판을 막 두드리려는 찰나.

[널 사랑하는~]

이번에는 전화가 걸려왔다.

찬열은 액정에 뜬 이름을 보고는 자리에서 일어났다.

"전화 좀 받고 올게요."

"빨리 오렴."

방으로 들어간 찬열이 전화를 받았다.

"여보세요."

[찬열 씨! 저 제니예요!]

"네, 잘 지내셨어요?"

[찬열 씨랑 연락이 안 돼서 잘 못 지냈어요. 어떻게 저보다 바쁠 수가 있어요?]

"하하…… 죄송해요."

[아니에요, 자기 일에 집중하는 남자는 멋지니까 이해할게요! 참, 무릎 팍 도사 녹화는 언제 했어요?]

"2주 전쯤에 했을 거예요."

[아깝다! 그때 저 옆 스튜디오에서 음악캠프 녹화하고 있었거든요! 미리 알았다면 얼굴이라도 봤을 텐데…….]

목소리가 줄어드는 게 꽤나 실망한 모습이었다.

[요즘 비시즌이라 시간 되죠?! 우리같이 밥이나 먹을래요?]

"아, 저 내일밖에 시간이 안 되는데. 내일 괜찮으세요?"

[네? 왜요?]

"모레 미국에 나가게 됐거든요."

[그래요?]

이번에도 실망한 목소리였다.

[내일은 제가 스케줄이 있어서 안 될 거 같아요…….]

"그럼 한국에 돌아온 뒤에 다시 약속을 잡도록 하죠. 그때

제가 맛있는 거 사드릴게요."

[네! 꼭이요!]

금방 밝아지는 게 통통 튀는 성격을 가진 듯했다.

그 뒤로 약간의 통화를 더 한 뒤 전화를 끊었다.

'이거 참…….'

두 여자에게서 온 연락에 찬열이 고개를 저었다.

이틀 뒤.

찬열은 인천공항에 나와 있었다.

혼자가 아니었다. 그의 옆에는 김영재가 아침부터 나와 피곤해서 그런지 의자에 기대 눈을 붙였다. 그 모습을 보던 찬열은 VIP 라운지에 있던 음료수를 마시면서 창밖을 바라봤다.

'올 시즌 부족했던 부분을 채워야 한다.'

찬열에게 있어 올 시즌은 만족스러운 시즌이었다.

다시 이런 성적을 거두라면 불가능할 수도 있다는 생각이 들 정도였다. 하지만 모든 게 완벽하진 않았다.

'포수라는 측면에서 아직 나는 불안하다. 그렇기 때문에 감독님도 날 대신해서 현우 선배를 넣었던 거야.'

포수라는 포지션은 찬열에게 특별한 것이었다.

그런 포수를 빼앗겼던 사실은 찬열에게 큰 충격이었다.

'불안한 부분을 채워야 한다. 그 부분을 조니에게 배워야 돼.'

김영재에게 부탁했던 일.

바로 조니 벤치를 찾아 자신의 훈련을 도와달라는 부탁을 해달라는 것이었다.

조니는 그 이야기를 수락했다.

그래서 오늘 미국으로 출발하게 된 것이다.

구단에도 이미 이야기를 해서 미국에서 열리는 스프링캠프에 바로 합류하기로 이야기가 끝났다.

'내년에는 누구도 내 자리를 빼앗을 수 없다.'

남들의 눈에는 괴물 같은 찬열이다.

하지만 스스로 만족을 하지 못하고 부족한 부분을 찾아 채울 생각으로 그는 비행기에 몸을 실었다.

긴 비행시간이 지나고 뉴욕에 도착했다.

"바로 조니를 만나러 가는 건가요?"

"약속은 내일로 잡혀 있습니다. 비행시간도 길었으니 일단 쉬는 게 좋아요."

"예, 그럼 바로 호텔에……."

"아, 저기 나왔군요."

찬열의 시선이 김영재를 따라갔다.

거기에는 한 여성이 있었다.

영화 속 미국 커리어우먼 같은 차림이었다. 몸에 착 달라붙는 체크 정장에 뿔테 안경을 쓴 여인은 금발머리를 올려 목선이 드러나게끔 스타일을 꾸몄다.

큰 키에 볼륨감 있는 몸매, 날카롭지만 아름다운 외모로 사람이 많은 공항에서도 눈에 띄었다.

김영재는 그녀에게 다가가 능숙한 영어로 인사를 나눴다.

"정말 오랜만이다. 이렇게 마중 나와 줘서 고맙다."

"당연히 나와야죠. 그동안 잘 지내셨죠?"

"그럼, 아주 잘 지내서 이제 배 나온 아저씨가 다 됐단다."

"여전하시네요. 아버지가 직접 못 나오셔서 죄송하다는 말씀 전해 달라고 하셨어요. 갑자기 유럽 출장이 잡히는 바람에 올 수가 없었어요."

"괜찮다. 오히려 내가 미안하지. 여유롭게 연락을 하고 왔어야 하는데. 참, 이쪽이 내가 전화로 이야기했던 정찬열 선수다."

김영재가 찬열을 소개했다.

"안녕하세요. 정찬열입니다."

"반가워요. 안젤라예요."

"안젤라는 제가 미국에서 공부를 할 때 친하게 지냈던 친구의 딸입니다. 미국에 있는 동안 많은 도움을 줄 겁니다."

간단하게 인사를 하고 공항을 빠져나왔다. 그녀의 차를 타고 호텔로 이동했다. 가는 길에도 안젤라와 김영재는 화기애애한 분위기를 연출했다.

오랜만에 만나서 그런지 할 이야기가 많아 보였다.

그러다 대화의 화살이 찬열에게 향했다.

"미스터 정은 야구 선수라고 했었죠?"

"네, 한국 리그에서 뛰고 있습니다."

"작년에 60개의 홈런을 기록한 선수다. 10경기 연속, 5연타석 홈런도 기록했었지."

"정말요?"

"메이저리그 홈페이지에도 소개가 됐지 않았었나?"

"아~!"

그제야 안젤라가 고개를 끄덕였다.

"그러고 보니 낯이 익었다고 생각했어요. 오기 전에 말해주지 그러셨어요?"

신호에 걸려 차를 세운 안젤라가 원망스러운 눈초리로 김영재를 바라봤다.

"하하! 너의 그런 표정을 보기 위해서 말하지 않은 거지."

첫인상과 달리 안젤라는 매우 활기찬 성격이었다.

"미스터 정, 나중에 시간되면 60홈런을 칠 때의 이야기 좀 들려주겠어요?"

"예? 뭐, 어렵지는 않으니……."

"안젤라가 뉴욕 지역지의 야구 담당 기자입니다. 그러다 보니 야구에 관심이 많아요."

"아……."

"들려주시기로 하신 거예요?"

눈을 빛내는 그녀를 보며 찬열이 고개를 끄덕였다.

차는 곧 호텔에 도착했다.

김영재가 체크인을 하고 두 사람은 객실로 올라갔다.

안젤라는 로비에서 기다리기로 했다.

"전 뉴욕에 온 김에 해결을 해야 될 일이 좀 있습니다. 아마 삼 일 뒤부터는 호텔에 없을 거예요. 필요하신 일이 있으면 안젤라한테 부탁하시면 됩니다."

"전 영어도 할 줄 아니까 굳이 안젤라 씨가 없으셔도……."

"외국이니 그래도 현지인의 도움이 필요한 순간이 있을 겁니다."

미소를 짓는 김영재의 표정 뒤에는 뭔가 다른 꿍꿍이가 보이기도 했다.

하지만 굳이 아는 척을 하지 않았다.

'그나저나 내가 파크하얏트에서 머물게 되다니.'

과거 뉴욕에 왔을 때는 게스트 하우스에서 맥주를 마시며 지냈었다.

그런데 지금은 5성 호텔인 파크하얏트라니?

많은 게 변했다는 것이 느껴졌다. 짐을 옮기고 객실을 한 번 둘러본 찬열은 바로 방을 나왔다. 사실 넓고 고급스럽기는 했지만 혼자 방에서 할 일도 없었다. 또한 안젤라와 식사를 함께하기로 했기에 바쁘게 움직였다.

로비에 도착하자 안젤라가 커피를 마시고 있었다.

"미스터 정."

그녀가 찬열을 발견하고 손을 들었다.

"많이 기다렸죠?"

"아니에요."

"김영재 대표님은요?"

"아직 안 내려왔어요. 참, 60홈런 기록했을 때에 대해서 좀 물어봐도 될까요?"

"네, 상관없습니다."

"조금 찾아보니 한국에서 60홈런을 기록한 최초의 선수라고 하던데. 미지의 세계에 발을 들인 기분이 어땠어요?"

"사실 60홈런을 기록할 때 5개의 홈런을 한 번에 때린 거라 잘 실감하지는 못했어요."

"아, 그것도 궁금했어요. 5연타석 홈런은 메이저리그에서도 나오지 않은 기록인데. 그날 홈런을 치면서 다른 점을 느꼈나요?"

"음, 조금 다르긴 했었죠. 뭔가 집중이 평소보다 잘되는 기분? 그런 걸 느꼈어요."

"뭐야, 벌써부터 인터뷰를 하고 있는 거냐?"

어느새 내려왔는지 김영재가 다가오며 말했다.

그의 등장에 대화가 중단됐다.

"자, 여기서 이럴 게 아니라 식사하러 가시죠. 여기 호텔에 스테이크가 맛있는 레스토랑이 있습니다."

김영재는 이곳에 자주 와봤는지 익숙한 걸음으로 두 사람을 안내했다. 도착한 곳은 고급 레스토랑이었다.

겉모습만큼이나 스테이크의 맛 역시 일품이었다.

하지만 안젤라의 질문이 계속 이어졌기에 찬열의 입장에서는 조금 불편한 식사 자리였다.

'이런 아가씨에게 부탁을 하라니. 역시 혼자 다녀야겠어.'

그렇게 마음먹으며 뉴욕에서의 첫날을 마무리했다.

다음 날.

찬열은 김영재와 함께 오전 일찍 호텔을 나섰다.

그들의 손에는 캐리어가 들려 있었다.

"조니가 현재 머물고 있는 곳은 뉴욕에서 조금 더 들어가야 합니다. 그곳에서 독립리그 구단의 코치를 맡고 있다고 하더군요."

"독립리그요? 조니의 경력이라면 메이저리그 구단과 계약을 맺을 수 있지 않았을까요?"

"저도 그 부분이 이상해서 조금 알아봤습니다. 그런데 조니와 메이저리그 구단과의 사이가 썩 좋은 편이 아니더군요."

"그래요?"

"예, 정확한 이유는 모르겠습니다만……."

그러고 보니 찬열도 미국에서 지낼 때 조니 벤치에 대한 소식을 많이 접하지 못했다. 당시에는 먹고 살기 바빠 별로 관심을 두지 않았지만 분명 이상한 일이었다.

'뭐, 개인마다의 사정이 있는 거겠지.'

찬열은 깊게 생각하지 않았다.

그것보다는 조니 벤치와 훈련을 할 수 있다는 사실이 더욱 기대가 됐다. 택시는 곧 목적지에 도착했다.

거기에는 넓은 들판에 하나의 그라운드가 있었다.

딱-!

"달려! 달려!"

"우익수 잡아!"

"홈으로 달린다!"

그라운드에서는 경기가 한창이었다. 주황색 유니폼을 입은 팀과 녹색 유니폼을 입은 팀의 대결이었다.

"이른 시간부터 야구를 하네요?"

"독립리그다 보니 경기 시간은 자유로운 편입니다."

"그렇군요."

고개를 끄덕일 때 주황색 유니폼을 입고 있는 조니 벤치와 눈이 마주쳤다.

"미스터 정!"

거구의 조니가 손을 번쩍 들어 아는 척을 했다.

"먼저 가서 인사하세요. 전 근처 호텔에 짐을 두고 오겠습니다."

"예."

김영재는 다시 택시에 올라 떠났다.

홀로 남은 찬열은 곧장 조니를 향해 다가갔다.

그물망 너머에 걸음을 멈추자 반가운 미소로 맞이해 주었다.

“자네가 온다고 해서 얼마나 설렜는지 모르네. 정말 잘 왔어!”

“이렇게 제 부탁을 들어주셔서 감사합니다.”

“거기서 그럴 게 아니라 이쪽으로 넘어오지.”

조니가 한쪽에 서 있는 남자를 향해 손짓을 했다. 찬열이 그쪽으로 걸어가자 남자가 경기장의 문을 열어주었다.

“오늘은 이 경기만 끝나면 되니까 잠깐 구경이나 하게.”

“예.”

고개를 끄덕인 찬열이 비어 있는 벤치에 앉았다.

몇몇 선수가 갑자기 등장한 동양인에게 호기심을 보였지만 그것도 잠시였다.

찬열도 굳이 나서기 뭐해서 경기에 집중했다.

‘오렌지 브롱크스가 팀 이름이군. 이 지역이 브롱크스라서 저런 이름이 붙었나 보네.’

오렌지와 브롱크스가 무슨 연관이 있나 싶었지만 이내 생각을 접었다.

그러고는 야구에 집중했다.

‘7회 초, 4 대 2로 브롱크스가 2점 뒤지고 있는 상황. 투수는 우완 쓰리쿼터로군.’

백인이었는데 덩치가 꽤 좋았다.
그때 투수가 공을 뿌렸다.
빽—!
"볼!"
바깥쪽에 꽂히는 포심 패스트볼이었다.
'공이 묵직하네. 회전이 좋아. 구속도 140㎞ 후반 정도?'
그사이 2구를 던졌다.
이번에는 커브였다.
낮게 떨어지는 공이었는데 타자는 속지 않았다.
"볼!"
볼카운트가 3개까지 올라갔다.
반면 스트라이크는 아직까지 0개였다.
"볼!"
다음 공 역시 유인구를 택했다.
이번에도 타자를 속지 않았고 베이스 온 볼이 나왔다.
"제길!"
조니의 입에서 욕설이 튀어나왔다.
답답한 눈치였다.
사실 찬열의 입장에서도 이해가 되지 않는 리드다.
쓰리 볼인 상황에서 다시 한 번 유인구라니?
'투수의 제구력이 좋지 않은 건가?'
포수가 원하는 코스에 공을 던진 게 아닐 수도 있다.

그렇기 때문에 찬열은 조심스레 경기를 지켜봤다.

하지만.

"볼!"

"볼!"

"볼!"

두 번째, 세 번째 타자마저 연달아 볼로 걸어 나갔다.

그 모습을 본 찬열은 한 가지 결론을 내렸다.

'포수의 리드가 엉망이야.'

모든 공을 유인구만 원했다.

투수가 거부를 해도 다시 유인구 사인을 냈다.

결국 투수는 포수의 리드에 따를 수밖에 없었다.

고집을 부릴 수도 있겠지만 투수들은 어째선지 그러지 않았다. 뭔가 이유가 있어 보였다. 또한 조니도 그 사실을 알고 있었다.

그런데 포수를 바꾸지 않았다.

'이 팀에 포수 자원이 없는 건가?'

그럴 수도 있다.

프로 팀도 아니고 독립구단이다.

선수의 자원이 프로에 비해 딱 정립이 되어 있다고 볼 수 없었다.

'흠, 투수는 꽤 좋은 거 같은데. 포수가 그걸 제대로 살리지 못하고 있어.'

자신이라면 어떻게 리드를 할까?

일단 유인구를 줄이고 공격적으로 리드를 할 것 같았다.

'직구가 들어올 때마다 타자들이 움찔했다. 배트를 내밀어도 타이밍이 늦었고. 하지만 변화구는 직구에 비해 떨어진다.'

머릿속에서 저 투수를 어떻게 리드를 해야 되는지 떠올랐다. 그러다 손으로 포구를 하는 동작을 하기 시작했다.

그 모습을 조니가 유심히 쳐다봤다.

"미스터 정."

"예?"

"자네 경기에 나갈 수 있나?"

"지금요?"

"그래, 몸을 풀 시간은 잠깐 주겠어. 자네가 내게 배우러 온 거면 현재 자네의 실력도 봐야 되니까 말이야."

잠깐 생각을 하던 찬열이 미소를 지었다.

재밌겠다.

"알겠습니다."

"장비는 챙겨 왔겠지?"

"물…… 아!"

장비는 모두 캐리어에 있었다.

그리고 캐리어는 김영재가 가지고 호텔에 가져갔다.

찬열의 반응에 조니는 더그아웃의 구석에 있는 미트를 꺼내 던졌다.

툭-!

"낡았지만 당장 쓰긴 좋을 거야. 그리고 발 사이즈는 몇 이지?"

"280, 아니, 11입니다."

"음, 아놀드!"

"예."

"스파이크 좀 빌려주게."

"알겠습니다."

아놀드라 불린 흑인 남자가 스파이크를 벗어주었다.

"고마워."

찬열은 곧장 스파이크를 신었다.

"미구엘!"

"예."

"미스터 정이 몸 좀 풀게 공 좀 던져."

"예."

미구엘이라 불린 스페인계 남자와 함께 찬열은 불펜으로 이동했다.

"재패니즈? 차이니즈?"

"한국인이야."

"한국? 사회주의 국가 아니야?"

"거기는 북쪽, 나는 남쪽."

"아~"

간단한 이야기를 나누고 불펜에 도착해 미구엘이 간이 마운드에 섰다.

"가볍게 던질게."

"그래."

찬열이 자리에 앉고 투구가 시작됐다.

미구엘의 공은 썩 빠른 편이 아니었다. 또한 투구 폼 역시 자연스럽지 않았다.

'투수가 아닌가?'

찬열의 생각은 정확했다.

미구엘은 투수가 아니라 유격수였다.

한국에서도 포수가 어깨를 풀 때는 투수가 아닌 야수가 도와줄 때도 있었다. 어느 정도 몸을 풀고 더그아웃으로 돌아왔다. 찬열이 오자 조니는 곧장 구심에게 다가갔다.

구심과 이야기를 나눈 조니는 바로 포수에게 다가갔다.

'응?'

두 사람은 언쟁을 벌였다.

하지만 감독인 조니를 이기지 못한 포수는 결국 마스크와 보호 장구를 캐처 박스에 집어 던지고는 더그아웃으로 향했다. 조니가 손짓으로 부르자 찬열은 비어 있는 캐처 박스로 향했다. 자연스레 두 사람은 중간에서 마주쳤다.

방금까지 마스크를 쓰고 있던 남자는 30대 중반의 백인 남자였다. 건장한 체격의 그는 찬열을 한 번 노려보고는 더그아웃으로 들어갔다.

기분이 찜찜했지만 찬열은 무시한 채 캐처 박스에 도착했다. 바닥에 떨어져 있는 장비를 착용하는 찬열에게 조니가 말했다.

"마운드에 있는 녀석의 이름은 안토니오다. 주 구종은 포심 패스트볼과 슬라이더. 커브와 커터도 던질 수 있지만 위력은 떨어져."

"알겠습니다."

"좋아."

등을 툭 친 조니가 더그아웃으로 돌아갔다.

갑작스러운 경기 출전이다. 당황스럽지 않다고 하면 거짓말일 것이다. 하지만 묘하게도 마음은 편안했다.

'미국에서 야구하는 건 오랜만이군.'

찬열에게 미국이란 또 하나의 고향 같은 곳이다.

나쁜 기억도 많지만 좋았던 일도 있었다.

그때 타자가 들어섰다.

과거를 회상하는 걸 끝냈다. 경기에 집중해야 될 시간이다.

"후우-!"

깊게 숨을 내쉬고 정신을 집중했다.

타석에 선 타자의 자세에서 정보를 얻어냈다.

스탠스, 배트를 쥔 모습, 시선, 호흡까지.

모든 것이 눈에 들어왔다.

정보를 모은 찬열이 사인을 냈다.

'바깥쪽 포심.'

이어 미트를 위아래로 움직였다. 위치는 상관없단 사인이다. 고개를 끄덕인 안토니오가 피처 플레이트를 밟았다.

주자 만루의 상황.

위기다. 갑자기 포수도 바뀌었다. 당황스러웠다. 그러나 한편으로는 잘됐다는 생각도 들었다. 호흡이 맞지 않는 이보다는 낯선 사람이 더 낫다.

게다가 초구를 포심으로 요구했다.

일단 마음에 들었다.

안토니오는 와인드업과 함께 공을 뿌렸다.

'아차!'

손에서 공이 빠졌다.

엉뚱한 방향으로 날아가는 공에 안토니오의 얼굴이 사색이 됐다.

이 상황에 폭투라니. 점수를 헌납할 게 분명했다.

그때였다.

포수가 몸을 일으키며 그대로 점프를 했다. 마치 톰슨가젤처럼 뛰어오른 녀석이 그대로 공을 낚아챘다.

홈으로 파고들던 3루수가 급하게 베이스로 돌아갔다.

그때 또 한 번 놀라운 일이 벌어졌다.

땅에 착지하지 않은 포수가 3루로 공을 송구한 것이다.

쐐액—!

이런 소리는 정말 처음이다.

포수가 던진 송구가 바람을 찢는 것 같았다.

그리고 정확했다.

뻐억—!

글러브에 정확히 꽂혔다.

3루수 하파엘은 글러브를 움직일 생각도 못했다. 그냥 그 자리에 서 있었고 공이 그대로 들어갔다.

"아웃!"

순식간에 아웃 카운트가 올라갔다.

도대체 저 녀석 뭐야?

"오오오오!"

"방금 봤어?"

더그아웃이 들썩였다. 찬열의 플레이에 모두 감탄을 터뜨렸다. 조니 역시 놀라긴 매한가지다.

'작년과는 전혀 다른 움직임이군.'

스프링캠프에서도 놀라운 모습을 자주 보여주던 찬열이다.

그런데 한층 더 발전된 모습이었다.

'실전에서 그만큼의 경험을 쌓았다 이건가?'

한국 야구를 미국에서 볼 수 있는 방법은 적었다.

조니가 그 방법들을 찾아보기에는 너무 나이가 많았다.

덕분에 찬열이 한국에서 어떤 모습인지는 인터넷 뉴스로만 간간이 볼 뿐이었다.

'60홈런을 때렸다더니. 타자로서도 한층 성장한 모습이군.'

하지만 조니는 마음을 놓지 않았다. 찬열이 자신에게 온 것은 분명 이유가 있기 때문이다. 그걸 알아내는 게 자신의 역할이다.

'자네가 불안해하는 이유를 내게 보여줘 봐!'

조니의 눈이 빛났다.

분위기가 바뀌었다. 찬열이 보여준 단 하나의 플레이 덕분이다. 포수에 대한 믿음이 생기면 투수는 어깨가 가벼워진다.

'무엇보다 내가 원하는 곳에 미트를 대 줘.'

마치 몇 년 동안 호흡을 맞춰 온 포수 같았다.

안토니오는 깨달았다. 자신과 호흡이 잘 맞는 포수와 야구를 한다는 게 얼마나 즐거운 것인지를 말이다.

"흐앗!"

뻑-!

"스트라이크! 아웃!"

또다시 삼진.

"오오오!"

"안토니오 녀석 연속 삼진이라니!"

"방금 공 정말 빠르지 않았어?"

삼진을 연속으로 두 개 잡아내며 위기를 벗어났다.
그 모습을 지켜보는 조니가 미소를 지었다.
'안토니오 녀석 신났군.'
재능이 많은 선수다. 그래서 기대가 많았다.
하지만 호흡이 잘 맞지 않는 포수 탓에 재능을 발휘하지 못했다. 의외로 이런 경우가 많았다. 특히 포수가 나이가 많거나 경력이 화려했던 선수라면 심했다.
투수는 포수에게 끌려갈 수밖에 없게 된다.
'조연이 되어야 될 포수가 주연을 누르는 순간 팀의 밸런스는 깨진다. 미스터 정은 그걸 잘 알고 있어.'
단점이 보이지 않았다.
혹시 타격에서 단점이 있지 않을까 싶었다.
하지만.
따악—!
"이건!"
찬열이 초구를 강타했다. 모든 이가 자리에서 벌떡 일어났다. 날카롭게 날아간 공이 담장을 넘어갈 듯했다. 하지만 펜스 상단을 때리고 밖으로 튀어나왔다.
그사이 찬열은 3루까지 전력으로 내달렸다.
중계플레이가 이루어졌지만 안전하게 세이프가 됐다.
'노림수가 좋다. 거기에 공이 오니 망설이지 않고 배트를 돌렸다. 스윙의 궤적도 좋아. 작년보다 한층 발전한 모습이

다. 게다가 발도 빠르다니…….'

이런 선수가 또 있었나 싶다.

그래서 더더욱 어려웠다.

'도대체 뭐가 불만인 거냐?'

찬열의 투입은 대성공이었다.

끌려가던 경기는 바로 뒤집었고 투수들은 안정감을 찾았다.

그 결과 경기에서 승리를 거뒀다.

"도대체 저 녀석 뭐야?"

성격이 강해 보이는 인상의 백인 남성이 조니에게 따졌다.

상대 팀이던 UC 브롱크스의 감독인 잭 컬린이다.

신경질적인 외모만큼이나 성격이 강한 인물이었다.

"예전에 말했지? 한국의 미스터 정이라고."

"아~ 그렇게 자랑하던 친구가 저 친구인가?"

"그렇다네."

잭 컬린은 장비를 챙기는 찬열을 바라보다 말했다.

"어쨌든 오늘 경기에서 저 친구를 넣은 건 규칙 위반이야! 다음에 맥주 한잔 사야 돼."

"그러지."

잭 컬린과 헤어진 조니도 몸을 돌렸다.

'자네가 부족해하는 부분을 알겠어. 미스터 정.'

* * *

김영재와 함께 찬열은 호텔로 돌아왔다.

이번 호텔도 깔끔한 것이 지내기에는 충분했다.

"오늘 경기에 나갔다고 해서 깜짝 놀랐습니다."

"어쩌다 보니 그렇게 됐네요."

외투를 벗어 옷걸이에 건 김영재가 되물었다.

"부상이라도 입으시면 큰일 아닙니까?"

"조심히 해야죠."

"흠, 미국 야구는 한국보다 거칩니다. 자칫 잘못하면 큰 부상을 입게 됩니다."

"예, 앞으로 경기는 자제할 생각입니다."

찬열 역시 프로로서 이런 경기는 자제해야 한다는 걸 알고 있었다. 오늘은 워낙 갑작스러워 수락할 수밖에 없었다.

또한 오랜만에 미국 야구를 몸으로 접해 보고 싶은 욕심도 있었다. 하지만 이게 끝이었다.

'지금은 내게 가장 중요한 시기다. 부상을 입으면 끝이야.'

찬열의 꿈은 메이저리그다.

그것을 위해서는 최대한 부상을 조심해야 했다.

"참, 저 이틀 뒤에는 잠시 볼일이 있어 맨해튼에 좀 다녀오겠습니다."

"네, 알겠습니다."

다음 날.

찬열은 조니와 마주 보고 있었다.

“자네가 내게 배움을 요청했고 내가 수락을 하긴 했지만 어제 경기를 보고 확신했네.”

무슨 말이 나올까 찬열이 그를 주시했다.

“내가 자네에게 가르쳐 줄 건 없네.”

“예?”

“포수가 필요한 기술적인 부분도 숙달되어 있어. 투수를 리드하는 법이나 타자의 약점을 캐치하는 것까지. 모든 게 좋았네.”

설마 이런 말이 나올 줄은 몰랐다.

휴식까지 포기하고 미국을 왔는데 가르쳐 줄 게 없다니?

찬열의 실망한 표정을 본 조니가 말을 이었다.

“원래 자네 나이 때의 선수들의 단점은 대부분 경험 부족에서 나온다네. 하지만 자네의 플레이는 마치 베테랑의 것과 같았어.”

뜨끔했다.

“뭐, 그만큼 많은 경기를 치렀다면 그럴 수 있겠지. 어쨌든 기술적인 부분에서 조언을 해줄 건 없네. 하지만.”

조니가 한 박자 쉬고 이야기했다.

“자네에게 필요한 게 무엇인지는 알고 있어.”

“필요한 것이요?”

"그래, 당분간 그걸 채우는 쪽으로 같이 훈련을 해보세."

조니는 그 말을 끝으로 자리에서 일어났다.

필요한 것이라는 게 무엇인지 궁금했지만 묻지 않았다.

'나 스스로 알아내야 된다는 건가?'

그렇게 해석한 찬열이 조니의 뒤를 따랐다.

오렌지 브롱크스는 작년에 만들어진 독립 팀이다.

아직 독립리그에 소속되어 있지는 않지만 내년부터는 리그에 소속될 가능성이 높았다.

팀의 분위기는 나쁜 편이 아니었다.

대부분이 인근의 공장에 함께 다니는 동료, 이웃 주민이기 때문이다. 찬열은 그들의 사이에 녹아들어 훈련을 받았다.

조니의 훈련은 전형적인 미국식이었다.

짧지만 강도 높은 훈련이 끝나면 나머지 시간은 휴식이나 자율적인 훈련을 받았다. 찬열이라고 해서 딱히 특별 훈련을 받거나 하진 않았다.

의아하긴 했지만 자신이 요청해서 받아준 조니에게 고마움을 가진 찬열은 훈련을 따랐다.

그런 그에게 몇몇 선수가 관심을 가졌다.

특히 안토니오는 온종일 찬열의 곁에 붙어 있다시피 했다.

"그럼 한국이란 나라에서 프로로 생활하고 있는 거야? 거기서도 포수?"

"응, 포수로 활동하고 있어. 인천 와이번스라는 팀이야."

"와우! 멋지다."

"안토니오 네 공도 빨랐는데 프로는 되지 않은 거야?"

"응, 내 자리는 없었어. 하지만 내년에는 테스트를 받아 볼 생각이야."

"꼭 붙을 수 있을 거야."

그때 라커룸을 열고 한 남자가 들어왔다.

어제 마스크를 썼던 남자다.

'이름이 한스라고 했던가?'

오렌지 브롱크스의 주전 포수로 과거 마이너리그에서 뛰었던 경험이 있다는 이야기를 들었다.

그가 들어오자 안토니오가 시선을 피했다.

좋지 않은 모습이다.

포수가 투수에게 위압감을 주다니? 하지만 한스는 오히려 그게 당연하다는 듯 행동하고 있었다.

'나와는 상관없지.'

그는 애써 두 사람의 관계를 개선시킬 생각을 하지 않았다. 자신은 이곳에서 이방인이었다.

* * *

김영재는 맨해튼의 한 호텔에 도착했다.

그곳에 마련된 홀에는 많은 사람으로 북적이고 있었다.

메이저리그 윈터 미팅.

바로 이곳이 그 미팅의 중심지였다. 여기 있는 사람들은 각 구단의 고위 관계자, 기자, 그리고 매니지먼트 관계자였다.

김영재가 여기에 온 이유는 하나였다.

바로 찬열 때문이다.

'정찬열 선수가 메이저리그에 오는 건 시간문제다. 그때를 위해서 미리 준비를 해야 한다.'

처음부터 많은 걸 할 생각은 없었다. 그저 얼굴을 익히는 정도면 충분했다. 정찬열이 미래에 메이저리그에 온다고 결정을 했을 때. 자신이 아무런 힘이 없으면 도움이 되지 못했다. 그것을 알기에 미리부터 얼굴을 익혀 두기 위해서 이곳에 방문했다.

이번 찬열의 미국 방문에 동행한 이유였다.

그는 열심히 관계자들을 만나면서 자신의 이름을 알렸다.

* * *

브롱크스에 온 지 열흘이 지났다.

그사이 찬열은 팀의 선수들과 많이 친해질 수 있었다.

그러던 날이었다.

조니의 호출을 받고 감독실을 찾았다.

"부르셨습니까?"
"앉게."
빈 의자에 앉자 조니가 본론을 꺼냈다.
"이번에 연습 경기가 잡혔어. 그곳에서 자네를 메인 포수로 쓸 생각이네."
"한스는요?"
"신경 쓰지 않아도 돼."
조니가 저렇게 말하니 더 물어보기도 뭐했다.
"알겠습니다."
"그리고 이번 경기에서는 더그아웃에서 어떤 사인도 나오지 않을 거야."
"예?"
"자네가 그라운드에서 모든 사인을 내게."
"하지만……."
"자세한 건 경기 전날 회의에서 정하도록 하지."
조니는 그 말을 끝으로 자리에서 일어났다.
홀로 남은 찬열은 어리둥절한 얼굴로 한참 동안이나 앉아 있었다.

하루 뒤.
회의에서 조니는 찬열에게 전달했던 이야기를 그대로 말했다.

"내일 경기에서 미스터 정이 마스크를 쓴다. 그리고 사인은 미스터 정이 내릴 테니 다들 그렇게 알도록."

"예."

의외로 선수들은 바로 받아들였다.

하지만 한 사람.

한스는 찬열은 매서운 눈으로 노려보았다.

결국 회의가 끝나고 일이 터졌다.

"말해봐, 도대체 어떻게 혓바닥을 놀렸기에 조니가 널 주전 포수로 쓰는 거지?"

공격적으로 다가오며 말하는 한스의 모습에 찬열의 눈살이 찌푸려졌다. 오랜만에 영어로 시비가 붙어서 그런가.

과거 마이너리그 시절이 떠올랐다. 당시에도 이런 일은 비일비재했었다. 메이저리그와 달리 마이너리그의 생활은 팍팍하다. 그러다 보니 선수들은 거칠었고 포지션에 대한 견제도 매우 심했다.

말다툼은 당연했고 주먹다짐도 심심치 않게 일어났다.

하지만 한국에서는 그럴 일이 적었다.

이유?

대부분 선후배로 엮어 있었고 그 관계가 모든 걸 해결해주었기 때문이다.

그러나 여기는 미국이다.

선후배 관계를 생각할 이유가 없었다.

"괜히 시비 걸지 말고 억울하면 실력을 늘리도록 해."

"뭐야? 내가 너보다 실력이 떨어진다고 이야기하는 거냐? 고작 한국에서 온 놈이! 내가 누군지 알아? 토레도에서 마스크를 썼던 사람이라고!"

"고작 한국?"

이상하게 외국에 나가면 없던 애국심도 생긴다.

찬열도 마찬가지다.

다른 나라 놈이 한국을 무시하는 발언을 하자 이마에 혈관이 튀어나왔다. 금방이라도 주먹다짐할 것 같은 분위기가 일어나자 다른 팀메이트들이 나섰다.

"그만들 해. 이러다가 조니에게 걸리면 난리 난다고."

"그래, 두 사람 모두 그만해."

안토니오까지 나서서 말리자 찬열도 더 이상 싸우지는 못했다. 한스 역시 마찬가지였다.

하지만 화가 풀리지 않는 듯 손가락으로 자신의 눈을 가리킨 뒤 찬열을 가리켰다.

"네 실력이 얼마나 대단한지 내일 지켜보겠어."

한바탕 소동이 일어났다.

다소 기분이 상한 채 찬열의 하루는 마무리됐다.

그리고 다음 날.

오랜만의 경기에 구장에 많은 사람이 찾았다.

"미스터 정."

환한 미소를 짓는 여인.

안젤라도 구장을 찾았다.

"안젤라, 오랜만이에요."

"그러게요. 전화 한 통도 없고, 너무한데요?"

"미안해요. 훈련을 하느라."

"괜찮아요. 참, 오늘 경기에 나선다면서요? 이렇게 경기에 나와도 되는 거예요? 한국에서는 프로잖아요?"

안젤라의 질문에 옆에 있던 김영재가 대답했다.

"KBO와 직접적인 협약을 맺은 리그가 아니면 경기에 나서도 상관없어. 게다가 오늘은 리그 경기도 아니고 연습 경기이니 더더욱 괜찮지."

"아하!"

"그래도 부상은 조심하셔야 됩니다. 조금이라도 이상이 생기면 바로 말씀해 주셔야 되요."

"알겠습니다."

"헤이! 미스터 정!"

뒤에서 안토니오가 불렀다. 경기 시작이 가까워진 것이다.

"그럼 나중에 봬요."

돌아가는 찬열을 바라보던 안젤라가 물었다.

"빅 리그의 슈퍼스타는 대부분 비시즌에는 휴식이나 그동안 벌어들인 돈을 쓰느라 바쁜데. 한국은 다른가요?"

"비슷하지. 저 사람이 조금 특이한 거야."

"그렇군요."

고개를 끄덕이는 안젤라가 마스크를 쓰는 찬열을 바라봤다.

장비를 착용한 찬열에게 조니가 다가왔다.

"미스터 정, 오늘 경기는 자네가 사령관이 되는 걸세. 그러니 더그아웃을 볼 필요는 없어."

"정말 그렇게 해도 되겠습니까?"

"이곳에 왔을 때 자네에게 필요한 게 있다고 했었지?"

"예."

"그건 바로 카리스마야. 포수는 그라운드에서 다른 선수들을 이끌어야 하는 존재야. 그런 선수가 카리스마가 없다면 어떻게 될까?"

조니가 찬열의 등을 툭 쳤다.

"그라운드의 동료들을 네 뜻대로 움직여 봐. 그게 오늘 너의 임무다."

조니는 자신의 자리로 돌아갔다.

홀로 남은 찬열은 혼란스러움을 느꼈다.

'포수란 모든 이의 불만을 수용하는 자리라고 생각했는데.'

야구에서 포수란 독특한 포지션이다.

수비를 하면서 유일하게 타자와 같은 시선으로 수비들을 보고 있다. 별명처럼 부르는 이름도 다양했다.

가장 대표적인 것은 안방마님.

하지만 선수들 사이에서는 노예라고 부르기도 했다.

다른 이의 불만을 받아줘야 하기 때문이다. 그러다 보니 포용력이 있어야 하고 자기주장이 강해서는 안 된다.

그런데 느닷없이 카리스마가 필요하다니? 찬열이 생각과는 전혀 반대의 것이 나온 것이다. 그때 무언가 머리를 스치고 지나갔다.

'왜 어디선가 들어본 말 같지?'

낯설지 않은 말이다. 하지만 오래 생각할 시간이 없었다.

그라운드에 모든 선수가 나가 있었기 때문이다.

'포수가 가장 늦다니!'

자신의 머리를 쥐어박은 찬열이 그라운드로 나갔다.

그 모습을 바라보는 김영재의 얼굴에 수심이 가득했다.

"조금 허둥지둥하는데요?"

안젤라의 말에 김영재는 아무 대답을 하지 못했다.

그가 보기에도 지금 찬열의 모습은 마치 그라운드에 처음 나오는 신인 선수 같았기 때문이다.

'갑자기 왜 그러는 겁니까?'

찬열이 걱정됐다.

'역시 미국에 오는 게 잘못된 선택이었나?'

처음 찬열에게 부탁을 받았을 때.

김영재는 많은 고민을 했다.

한국의 슈퍼스타가 된 찬열이다.

굳이 미국에 가서 메이저리그도 아닌 다른 곳에서 야구를 할 이유가 없었다.

레전드 플레이어인 조니 벤치가 있다고는 해도 김영재의 생각으로는 이해할 수 없는 부분이었다.

조니 벤치의 시대는 수십 년도 전이었다.

그 뒤로 야구는 엄청난 발전을 이루었고 찬열은 그런 시대에서 업적을 쌓아가고 있었다.

그런 선수가 굳이!

비행기를 타고 타국에까지 와서 배워야 되는지 이해하지 못했다. 그건 지금도 마찬가지다.

'이 불안한 마음을 훌훌 날려 보내줘요.'

김영재는 소리 없는 비명을 질렀다.

그사이 구심이 경기 시작을 알렸다.

"플레이볼!"

* * *

머리가 복잡했다.

조니의 말대로 그는 어떤 사인도 내지 않았다.

코치들도 마찬가지다.

이런 경우는 처음이었다.

"플레이볼!"

마음의 준비가 끝나지 않았을 때.

구심이 경기 시작을 알렸다.

"후우-!"

깊게 숨을 내쉬었다. 마음의 준비를 하기 위한 일종의 의식이다. 그리고 눈을 감았다.

'어차피 던져진 주사위다.'

물러설 방법은 없었다.

또한.

물러서고 싶지도 않았다.

'난 여기에 배우기 위해서 왔다. 조니는 내게 가르쳐 줬잖아. 내게 부족한 것을!'

각오를 다졌다.

눈을 떴다.

시야가 넓어졌다.

홈플레이트의 사방을 치며 루틴을 하는 타자.

마운드 위에서 로진백을 손으로 치는 투수.

미트를 주먹으로 내려치는 1루수.

손에 침을 바르는 2루수.

뒷주머니에 있는 로진백을 만지는 유격수.

모자를 고쳐 쓰는 3루수.

하품을 하는 우익수.

스트레칭을 하는 중견수.

하늘을 올려다보고 있는 좌익수.

'내 시야가 이렇게 넓었나?'

놀라는 것도 잠시.

어제 맞췄던 사인을 냈다.

'타자는 좌타, 호리호리한 체격, 짧은 배트그립.'

빠르게 타자의 정보가 모였다.

이런 타입이면 열이면 열, 콘택트 형이다.

이 정도는 누구나 안다. 하지만 포수에게는 화면으로는 보이지 않는 정보도 모인다.

"이 녀석 처음 보는데 누구지? 저 녀석은 뭘 던지려나? 포심이 주 구종이니까……."

끊임없이 중얼거린다.

의미 있는 말도 있지만 의미 없는 말도 많다.

생각이 많은 타자다.

'노림수를 가지고 있을 수 있다. 초구는 지켜볼 가능성이 크다.'

찬열의 손가락이 움직였다.

'바깥쪽 포심 패스트볼, 3루수는 공을 송구하는 순간 대시, 나머지 정상 수비.'

사인을 냈다.

투수가 고개를 끄덕였다.

수비수들 역시 각자의 방법으로 사인을 보내왔다.

이런 모습이 한눈에 들어오다니.

신기했다.

그때 안토니오가 와인드업을 했다.

킥킹이 높지 않다. 특이한 폼이다. 투구 동작 역시 뻑뻑하다. 하지만.

"흡!"

마지막에 공을 채는 게 무척 좋다. 덕분에 공의 회전이 남들보다 더 많았다.

뻐억-!

"스트라이크!!"

예상대로다.

타자는 배트를 내밀지 않았다.

노림수가 많은 타자의 경우 이렇게 되면 더 많은 생각을 하게 된다.

그런 타자라면?

'요리하기 더 쉬워지지.'

다시 사인을 냈다.

이번에는 유인구다.

포심 패스트볼의 위치에서 오다 떨어지는 체인지업이었다.

자주 던질 수 있는 공은 아니다. 숙련되지 않았기 때문이다. 하지만 지금은 통한다.

그런 확신이 있었다.

그리고 또 한 번의 사인을 냈다.

'3루수, 다시 한 번 대시.'

3루수의 대시는 혹시 모를 기습번트를 대비하기 위함이다.

이 정도로 배트를 짧게 쥔다면 언제 기습번트가 나와도 이상할 게 없었다.

그때 안토니오가 2구를 던졌다.

“흡!”

포심 패스트볼의 궤적으로 오는 공에 타자의 배트가 돌아갔다. 순간 공이 느려지면서 궤적이 밑으로 향했다.

딱-!

배트에 공이 맞았지만 아래에 맞으며 크게 바운드가 됐다.

타구는 2루수에게로 향했다.

퍽-!

“아웃!”

완벽하게 포구한 2루수가 공을 그대로 1루로 던졌다.

원아웃이 만들어졌다.

* * *

빡-!

“스트라이크! 아웃!”

심판의 호쾌한 콜에 안젤라의 시선이 스코어보드로 향했다.

“아직 5회인데 안토니오 선수의 삼진이 많네요.”

“그래?”

"예, 9이닝당 삼진 비율이 0.98개였어요. 그런데 오늘 경기에서는 현재까지 10개의 삼진을 잡았어요. 이닝당 2개의 삼진을 잡은 거죠."

"대단하구나."

"안토니오의 투구도 좋지만 제 눈에는 미스터 정의 리드가 더 좋아 보이네요."

"그래?"

찬열의 이야기가 나오자 김영재가 눈을 빛내며 그녀를 바라봤다.

"네, 처음 상대하는 타자들일 텐데도 적절한 곳으로 리드를 하고 있어요. 또한 안토니오의 장점을 살리면서 타자들을 잡아내는 게 인상적이네요."

"오호."

김영재가 눈을 빛내며 찬열을 주시했다.

집중하는 모습에 안젤라는 더 이상 이야기하지 않고 혼자서 생각을 정리했다.

'무엇보다 그라운드 위의 선수들을 지휘하는 모습이 인상적이야. 하지만 현대 야구 방식은 아니야.'

현대 야구에서 포수의 역할은 점점 줄어들고 있다.

메이저리그에서도 볼 배합이 벤치에서 나오는 횟수가 많아지고 있었다.

몇몇 지도자는 포수의 리드는 허상이라 이야기한다.

포수가 해야 될 건 블로킹, 송구, 포구.

이 세 가지라고 말하는 이들도 있었다.

하지만 과거에는 아니었다.

포수들은 그라운드의 사령관이었고 그들은 또 한 명의 감독이었다.

'조니가 가르쳐 준 방법인가? 하지만 현대 야구에서 저런 방법은 통하지 않을 텐데.'

안젤라는 조니를 바라봤다.

메이저리그에서 조니는 독특한 인물이었다.

많은 구단에서 그를 영입하려 했지만 실패했다.

막대한 부를 포기하고 이렇게 독립리그나 대학야구를 돌며 후학 양성에 힘을 썼다. 실제로 그가 가르친 제자들 중 메이저리그에서 스타가 된 이도 많았다.

그럼에도 안젤라는 찬열의 지금 모습이 걱정됐다.

'과거 포수의 공격력은 전체적으로 봤을 때 떨어졌다. 이유는 타격에만 신경을 쓸 수 없었기 때문이야. 그걸 조니가 모를 리 없을 텐데…….'

야구는 끊임없이 발전한다.

특히 투수들의 변화구는 다양해졌고 구속은 점차 빨라졌다. 타자들은 거기에 맞춰 타격의 기술을 발전시켰다.

문제는 포수가 타격 이외에도 신경을 써야 될 부분이 많다는 거다. 게다가 육체노동까지 더해지면서 엄청난 체력 소모가 온다.

당연히 타격에만 집중할 수 없게 된다.

더그아웃에서 볼 배합에 대한 사인을 내고 수비 코치를 둬서 수비들의 위치를 조절하는 등.

포수의 부담을 덜어주는 이유 중 하나다.

그들이 하는 일이 많으니까.

하나라도 덜어주면서 타격에 조금 더 신경을 쓸 수 있게 해준 것이다. 과거에 비해 공격형 포수가 많아진 이유다.

일이 줄어드니 타격에 집중할 수 있었다.

자연스레 최근 포수의 역할은 점점 줄어들고 있는 추세다.

'만약 포수의 역할이 커지면서 타격력이 줄어들면…….'

현시대가 원하는 포수상이 아니게 된다.

그 비율을 맞출 수 있는가?

이 질문에 그렇다 라고 대답을 할 수 있는 사람이 몇 명이나 있을까.

세계 최고의 리그인 메이저리그의 마스크를 쓴 포수들도 못하는 일이다.

'그걸 미스터 정이 할 수 있을까?'

의구심이 들었다.

하지만 반대로 기대감이 그녀의 몸을 휘감았다.

안젤라는 흥미로운 눈으로 타석에 들어서는 찬열을 바라봤다.

* * *

1사 2루의 상황.

찬열은 오늘 경기에서 2개의 볼넷을 얻었다.

상대가 피했다기보다는 공을 잘 골라낸 덕분이다.

'여기서 날 피할 투수는 없다.'

한국과 달리 여기서 찬열은 그저 한 명의 선수였다.

그걸 알기에 찬열은 배트를 길게 잡았다.

'반드시 승부가 온다. 그리고 승부는 빠르게 올 거야.'

자신이 포수라면.

앞 2타석에서 연달아 볼넷을 골라낸 타자는 빠르게 승부를 걸 것이다.

선구안이 좋은 선수에게 유인구는 필요 없다.

속지 않을 테니까 말이다.

'초구를 노린다.'

결정을 내리고 정신을 집중시켰다.

찬열의 장점이었다. 높은 집중력, 그리고 결정을 내리면 뒤를 보지 않는다는 것.

또 하나.

타석에 서면 그는 철저하게 타자가 된다.

당연한 이야기겠지만 이렇게 철저히 양분하는 선수는 적었다. 많은 포수가 마스크를 쓸 때의 기분을 가지고 타석에

선다. 하지만 찬열은 달랐다.

타석에 서는 순간에 그는 한 명의 타자가 된다.

오로지 타격에만 신경을 쓰면서 마스크를 쓸 때의 관찰력과 집중력은 가지고 간다. 그렇기 때문에 어느 순간에도 냉정함을 가지고 타격에 임할 수 있었다.

'그것이 자네의 장점이네. 미스터 정!'

조니가 보기에 찬열의 단점은 하나였다.

바로 스스로에 대한 확신이다. 실력만 놓고 보자면 메이저리그에 와도 충분할 것이란 생각이 들었다. 하지만 그는 매우 조심스럽게 야구를 했다. 타격을 할 때는 강했지만 마스크를 쓰면 마치 소녀가 된 것 같았다.

'내가 자네에게 그런 주문을 한 건 스스로 책임감을 느끼기 원해서였지.'

현재 찬열은 스스로 팀을 움직이고 있다. 그건 막대한 책임감이 따른다. 그런데도 찬열은 잘해가고 있었다.

원래 저것이 찬열의 능력이었다. 하지만 스스로 그 능력을 감추고 있었다. 이유는 대충 이해가 됐다.

'한국의 야구는 지도자와 선수의 관계가 독특하다고 들었다. 그래서 지도자에 더 기대는 경향이 크지. 하지만 자네가 빅 리그에 올 생각이라면 그런 성격을 버려야 돼.'

변한 모습으로 한국에 돌아가도 괜찮을 것이다.

자신이 아는 이동건이라면 찬열의 변화를 오히려 반가워

할 게 분명했다.

따악-!

"오오!"

경쾌한 소리에 상념이 깨졌다.

그의 시선에 하늘 높이 떠오르는 타구가 보였다.

"멋진 홈런이군."

그의 말에 모든 선수가 동의했다.

* * *

오랜만에 즐기는 미국에서의 생활은 즐거웠다.

과거 마이너리그 시절의 기분도 났다.

새로운 환경에서의 생활은 그에게 신선한 활기를 전해 주었다.

팀메이트들이 친절한 것도 하나의 이유였다.

가장 큰 이유는 역시 포수라는 포지션을 새로운 시선으로 볼 수 있다는 것이었다.

한국에서 포수란 포지션은 극히 제한적인 역할을 한다.

하지만 이곳은 아니다.

조니의 배려 속에 찬열은 그라운드 위의 사령관으로서 자신의 역할을 해나갔다. 다른 시선으로 그라운드를 볼 수 있었다. 그것은 많은 걸 느끼게 했다.

그렇게 즐거운 야구 생활을 하고 있던 어느 날이었다.

"찬열아."

"예."

같이 지내다 보니 말을 편히 하게 된 김영재의 부름에 찬열이 고개를 들었다.

"이거 좀 봐라."

탁자 위의 노트북을 가리키며 자리를 비켰다.

빈자리에 앉으며 찬열이 노트북을 바라봤다.

"제 기사네요?"

"브롱크스 지역지다. 최근 오렌지 브롱크스가 이슈가 되고 있다. 자연스레 너에 대한 이야기도 나오고 있지. 그리고 이것도 봐라."

이번에는 유투브였다.

거기에 브롱크스를 치자 야구 경기 영상이 나왔다.

그중에는 찬열이 플레이 영상을 하이라이트로 편집한 것도 있었다.

누가 이런 수고를 했는지 궁금했다.

"안젤라가 올린 거다."

"안젤라가요?"

"요즘 네 플레이를 보고 완전히 팬이 되었다고 하더구나."

"그렇군요."

찬열은 자신의 하이라이트를 감상했다.

잘하는 장면만 편집해서 그런지 자신이 봐도 감탄이 나올 장면들이 보였다.

'내가 이렇게 변한 건가?'

과거에는 생각지도 못한 플레이들이 나왔다.

궁금했다.

과연 지금의 자신이 마이너리그 그리고 메이저리그에 가면 얼마나 통할지 말이다.

"참, 한국에서 연락이 왔다."

"한국이요?"

"네가 대표팀 최종 엔트리에 포함이 됐다. 12월 10일까지 귀국하라는 요청이 왔다."

2008년.

대한민국 야구의 역사에 길이 남을 대회가 있다.

바로 올림픽 금메달이었다.

찬열은 그 대표팀 명단에 포함이 됐다.

12월부터 시작되는 1차 아시아 예선전을 위해 이제 귀국해야 될 시기였다.

"알겠습니다."

다음 날.

찬열은 조니와 자리를 함께했다.

"그렇게 돼서 이만 돌아가야겠습니다."

"하긴 이곳에 있어도 더 이상 내가 해줄 말이 없지."

"아닙니다. 정말 많은 도움이 됐습니다."

"그렇다면 다행이네. 마지막으로 하나만 더 이야기하지. 자네의 실력은 이미 세계 수준이야. 그러니 더욱 자신감을 가지고 야구를 즐겨 봐."

"예."

"그럼 다음에는 빅 리그에 들어오면 만나도록 하지."

조니의 덕담에 찬열은 미소로 화답했다.

"감사합니다."

찬열은 그동안 정이 들었던 브롱크스 선수단과도 인사를 했다.

모든 이가 아쉬워했다.

짧은 시간이지만 찬열이 그만큼 팀에 녹아든 것이다.

특히 같이 호흡을 맞추며 실력이 월등히 올라선 안토니오가 크게 아쉬워했다.

"다음에 미국에 오면 꼭 연락해!"

"그래, 꼭 연락할게."

하지만 마지막 순간까지 한스와는 사이가 좋아지지 않았다. 이런 사람도 있는 것이다.

모든 이와 좋은 사이로 마무리하는 건 욕심이었다.

찬열은 굳이 자신을 싫어하는 사람에게 신경을 쓰지 않고 브롱크스를 떠났다.

JFK 공항에 도착하자 안젤라가 두 사람을 기다리고 있었다.

"난 먼저 수속을 밟고 올게."

김영재가 자리를 비우자 찬열과 안젤라 두 사람만 남게 됐다.

"생각보다 일찍 가시네요?"

"대표팀에 소집됐습니다."

"아~ 베이징 올림픽! 한국 대표로 출전하시는 건가요?"

"네."

"축하해요!"

진심 어린 축하에 찬열도 미소로 화답했다.

"전 이번에 미스터 정의 플레이를 보고 감격했어요."

"감격이요?"

"네, 현대 야구에 접어들면서 포수의 비중은 줄어들었어요. 극단적으로 말해 야구는 발전했지만 포수는 퇴보했다고 할 수 있죠."

정말 극단적인 표현이었다.

하지만 안젤라는 자신의 생각을 거침없이 말했다.

"그래서 포수라는 포지션에 매력을 느끼지 못했어요. 하지만 이번에 미스터 정의 플레이를 보고 한눈에 반했어요. 마치 한 명의 사령관이 그라운드 위를 지휘하는 것 같았거든요."

찬열이 어색하게 웃었다.

순간 안젤라의 표정이 진지하게 변했다.

"하지만 미스터 정이 사령관이 됐던 곳은 아마추어라는 거 아시죠?"

그녀가 하고자 하는 말이 무엇인지 알았다.

"예."

"프로에서도 같은 모습을 보여주길 기대할게요."

막 고개를 끄덕이려는 순간.

쪽-!

그녀의 얼굴이 가까워지는가 싶더니 그대로 입술이 마주쳤다.

"이건 작별의 인사."

생긋 미소를 지은 그녀가 자리에서 일어났다.

멀어져 가는 그녀를 보며 찬열은 머리를 긁었다.

'당돌하네.'

그녀의 그런 점이 싫지만은 않았다.

* * *

한국에 돌아온 찬열은 휴식을 보냈다.

어머니가 해주신 음식을 먹으며 체력을 비축했다.

소집일 날.

"다녀오겠습니다."

"그래, 조심히 다녀와라."

"잘하고 와야 돼!"

“예.”

부모님의 배웅과 함께 집을 나선 그는 마중 나온 김영재의 차에 탔다.

“피로는 좀 풀렸나?”

“예, 충분히 쉬었습니다.”

“역시 젊어서 그런가? 나는 아직까지도 몸이 뻐근한데 말이야.”

김영재의 농담에 웃음이 나왔다.

간단한 이야기를 나누며 두 사람은 국가대표 소집 장소로 향했다.

국가대표의 스케줄은 간단했다.

오늘부터 7일간 집중 훈련을 한 뒤 대만으로 출국한다.

이후 3일 동안 치러지는 아시아 예선전을 치른다.

아시아 예선전은 베이징 올림픽에 나가기 위한 전초전이었다.

‘아시아 예선에서 본선 티켓을 거머쥐는 건 일본이다. 한국은 내년 3월에 있을 플레이오프에서 본선 티켓을 얻어 올림픽에 직행을 하지.’

이후 한국은 전승이라는 대기록을 세우며 베이징 올림픽 금메달을 손에 쥐게 된다.

하지만 그 과정이 결코 순탄하지는 않았다.

‘이번에는 다를 거다.’

평소에는 하지 않을 생각이 들었다.

그만큼 자신감이 있었다.

인천공항에 모인 대표팀은 곧 오키나와로 향했다.

겨울인 한국보다는 조금 더 따뜻한 곳에서 훈련을 할 계획이었다.

대표팀의 분위기는 좋았다.

베테랑과 신인의 비율이 적절하다는 게 가장 큰 이유였다.

각 팀의 선수들이 골고루 뽑혔기에 대표팀에 적응하는 데 어려움은 없었다.

찬열도 오랜만에 만나는 동기들과 즐거운 시간을 보냈다.

그때 휴게실로 한 남자가 들어왔다.

다부진 체격에 남자다운 외모, 그리고 정리되지 않은 수염이 인상적이었다.

한승현이 그를 발견하곤 말했다.

"박찬태 선배다."

"포스 죽인다. 우리는 언제쯤 저런 포스를 내뿜을까?"

류성일이 감탄을 하며 말했다.

찬열도 동의했다. 그저 걸어가는 것인데도 알 수 없는 포스가 느껴졌다.

'메이저리그 117승을 올린 투수다. 당연히 특별하겠지.'

빅 리그에는 괴물이 우글거린다. 그런 곳에서 117승이다.

엄청난 업적이었다.

최근 그를 비아냥거리는 사람들도 있다.

심한 경우에는 다저스 시절 그의 모습이 거품이라고 말하기도 한다.

'웃긴 일이지. 메이저리그에서 1승을 올리고 싶어 하는 선수가 얼마나 많은데.'

메이저리그가 얼마나 대단한 곳인지 안다.

그렇기에 박찬태에게 함부로 다가갈 수 없었다.

그때였다.

드륵-!

류성일이 일어나 갑자기 박찬태에게 다가갔다.

갑작스러운 행동에 찬열과 한승현은 어리둥절한 얼굴로 그를 바라봤다.

"선배님!"

"어, 성일이 아니냐. 반갑다."

박찬태가 반갑게 그를 맞이해 주었다.

두 사람의 분위기는 화기애애했다. 멀리서 지켜보기에는 이전부터 아는 사이 같았다. 그래서 찬열이 물었다.

"성일이랑 박찬태 선배랑 예전부터 알던 사인가?"

"내가 알기로는 처음일 텐데. 어제도 박찬태 선배를 만나게 돼서 정말 좋다고 이야기했거든."

"그럼 낯이 엄청 두꺼운 거네."

그때 류성일과 박찬태가 두 사람을 향해 걸어왔다. 가만히 앉아 있기도 뭐해서 자리에서 일어났다. 그러자 박찬태가 찬열에게 손을 내밀었다.

"그렇지 않아도 한번 만나고 싶었는데 반갑다. 박찬태다."

"반갑습니다. 정찬열입니다."

찬열과 악수를 한 박찬태가 이번에는 한승현에게 손을 내밀었다.

"한승현이지? 반갑다."

"영광입니다!"

"하하! 고맙다."

처음 만나는 박찬태다.

하지만 묘하게 어려운 부분이 없었다.

스스럼없이 다가와 줘서 그런지 더욱 그랬다.

이후 약간의 대화를 나눈 뒤 박찬태가 자리에서 일어났다.

"그럼 내일 훈련에서 보자."

"예!"

"들어가세요."

손을 흔들며 멀어지는 그를 보며 류성일과 한승현이 멋지다고 난리를 쳤다. 찬열도 내색하진 않았지만 처음 만나는 박찬태를 보며 감격스러움을 느꼈다.

그렇게 오키나와에서의 첫날이 지나갔다.

2장

베이징 올림픽

다음 날부터 본격적인 훈련이 시작됐다.

비시즌 기간이 길어서 그런지 대부분의 선수가 훈련 스케줄을 제대로 따라오지 못했다.

특히 체력적인 부분에 문제가 있었다.

"헉, 헉."

"아이고~ 나 죽네……."

10월의 모든 일정이 마무리되면 선수들은 휴식을 한다. 1년 동안 쌓여온 피로와 부상을 회복하기 위함이다.

선수마다 휴식의 루틴이 달랐다. 따뜻한 해외에 나가 휴식을 보내는 선수. 집에서 가족들과 시간을 보내는 선수.

운동을 하는 선수도 있었다.

찬열의 경우는 운동을 하는 쪽에 속했다.

이번 휴식기에는 아예 미국에서 운동을 해서 그런지 몸 상태가 더욱 좋았다.

그리고 또 한 사람. 박찬태 역시 훈련 스케줄을 모두 소화했다.

30대 중반의 나이를 감안하면 대단한 체력이었다.

'거의 나와 기록이 비슷하네.'

새삼 박찬태를 대단한 시선으로 바라보며 오전 훈련이 끝났다.

* * *

오후 훈련으로 청백전이 열렸다.

찬열은 청팀으로 투수는 박찬태가 선발로 올랐다.

"연습 경기이니 가볍게들 하자."

"예!"

대표팀 감독을 맡은 서울 베어스의 김경석 감독의 말에 선수들이 고개를 끄덕였다.

마스크를 쓰며 캐처 박스에 선 찬열이 박찬태를 바라봤다.

'내가 박 선배의 공을 받다니.'

감격스러웠다.

하지만 그것도 잠시.

마스크를 쓴 그는 더 이상 전설을 보는 유망주가 아니었다.

"후우-!"

깊게 한숨을 내쉰 그의 눈빛이 차분해졌다.

그 모습을 바라보는 박찬태도 놀란 표정을 지었다.

'저 녀석 보게.'

야구를 오래 하다 보면 그 선수의 움직임, 표정으로 현재의 감정을 알 수 있다.

마스크를 쓰고 있어 표정은 보이지 않았다.

하지만 가볍게 어깨를 돌리고 미트를 주먹을 때리는 모습에선 그 어떤 긴장감도 느껴지지 않았다.

'저런 놈이 있었나?'

대표팀에 합류를 한 것도 벌써 몇 년이 흘렀다.

그동안 많은 포수를 만났다.

베테랑인 선수도 있었지만 신인과 호흡을 맞춘 적도 있었다. 신인 중 열이면 열 모두 긴장한 모습이 역력했다.

포수의 긴장은 투수에게도 전염이 된다. 그렇기에 대부분 박찬태와 호흡을 맞춘 건 베테랑 포수들이었다.

그래서 찬열이 대표팀에 합류했다는 소식에 기대를 하면서도 한편으로는 불안해했다.

'월드클래스인 건 타격만이 아니라 이거지?'

그는 찬열이 과연 포수로서는 어떤 모습을 보여줄지 기대가 됐다.

"플레이볼!"

구심을 맡은 타격 코치의 외침에 박찬태가 홈플레이트를 밟았다.

허리를 숙이고 자세를 낮춰 찬열을 주시했다.

찬열은 허리를 꼿꼿이 펴더니 사인을 냈다.

'몸 쪽 직구.'

곧장 미트를 가져가 자세한 코스를 지정했다.

생각보다 안쪽이다. 메이저리그라면 절대 스트라이크 콜이 울리지 않는다. 하지만 찬열이 요구한 초구다.

거부할 생각은 없었다.

고개를 끄덕이고 허리를 폈다.

"후우-!"

호흡과 함께 와인드업을 했다.

전성기 시절 와일드했던 투구 폼이 아니다.

가슴팍까지 올라오던 다리는 허리 부근에서 멈췄고 허리 회전도 느려졌다.

속도는 잃었다. 하지만 얻은 것도 있다. 바로 제구력이다.

"흡!"

쐐액-!

빠르게 날아간 공이 날카롭게 홈플레이트 위를 지났다.

타자의 배트는 돌지 않았다.

예상대로다.

너무 몸 쪽으로 붙었으니까.

이대로면 볼이다.

그렇게 생각하는 순간이었다.

'어?'

앉아 있는 찬열의 몸이 부드럽게 우측으로 움직였다.

동시에 공이 미트에 들어가고 있었다.

그 순간.

촤르륵—!

미트를 움직이면서 끝으로 공을 포구했다.

순간적인 움직임이다.

만약 한 번이라도 눈을 깜박였다면 보지 못했을 것이다.

그만큼 민첩하고 간결한 움직임이었다.

하지만 결과는 대단했다.

"스트라이크!"

타자가 황당한 표정을 지었다.

황당하겠지.

'투수인 나도 황당한데.'

엄청난 프레이밍이 처음부터 나왔다.

'재밌는 놈일세.'

찬열에 대한 호기심이 무럭무럭 자라났다.

베이징 올림픽 대표팀을 이끄는 건 김경석이다.

서울 베어스 감독으로 우승을 한 적은 없지만 뛰어난 감독이란 평가를 받았다.

그 역시 포수 출신이다.

현역 시절 스타플레이어는 아니었지만 기본기가 잘 갖춰진 포수로 이름을 알렸다.

그렇기에 찬열의 플레이가 눈에 들어왔다.

'뭐라고 해야 될까. 무척 어려운 기술을 너무 쉽게 하는군.'

어처구니가 없을 지경이다.

'저 나이에 저런 기술을 쓸 수 있다니. 도대체 어떻게 된 녀석이지?'

시즌 중에는 타격이 빛나던 찬열이다.

자신조차 찬열의 타격에 집중을 했지 포수로서의 능력에는 고개를 갸우뚱했다.

편견이었다.

나이가 어리기에 아직 부족할 것이다. 투수를 리드하는 게 어리숙할 것이다. 하지만 아니었다.

데뷔 10년 차.

그것도 메이저리그를 호령했던 투수를 자유롭게 리드하고 있었다.

'지도자로서 저런 선수를 다룰 수 있다는 건 큰 기쁨이지. 부럽군, 이 감독.'

김경석의 시선이 맞은편 더그아웃의 이동건에게 향했다.

이동건 역시 놀라긴 매한가지다. 아니, 그만이 아니었다.

코치들 역시 놀라 이동건에게 다가왔다.

"수비수들 사인을 직접 내네. 원래 저랬나?"

광주 타이거즈 감독이자 대표팀 타격 코치인 이재용이 물었다. 이동건보다 나이가 많고 야구계 선배이니 말을 편하게 했다.

이동건은 잠깐 고민을 했다. 하지만 결론을 내리는 건 길지 않았다.

"예, 제가 그렇게 하라고 시켰습니다."

"그래? 거참, 20대 초반인 놈이 옛날 방식으로 경기를 풀어간다 말이지?"

"독특한 녀석입니다."

이재용이 고개를 끄덕였다.

마지막 말은 딱히 그에게 한 이야기가 아니다.

자신에게도 한 이야기였다.

'정말 독특한 놈이야.'

사실 찬열의 모습에서 놀라기는 이동건도 마찬가지였다.

원래 포수는 수비를 움직일 수 있는 권한이 있다. 하지만 최근 포수들은 그런 모습이 없었다. 모든 걸 벤치에 기댔다.

포수 출신이던 이동건은 그게 매번 아쉬웠다.

뛰어난 능력을 가진 찬열도 그랬었다. 나이가 어려서라고 판단을 했다. 그런데 미국을 갔다 오더니 완전히 바뀌었다.

자신보다 훨씬 나이가 많은 선수를 자연스레 움직이고 있었다. 그런 찬열을 보며 이동건은 미소를 지었다.

* * *

대표팀의 훈련은 연습 경기 위주로 흘러갔다.

날이 갈수록 선수들의 몸 상태도 조금씩 올라왔다.

그리고 시간이 흘러 아시아 예선전이 코앞으로 다가왔다.

대표팀은 대만으로 향했다.

아시아 예선전은 대만에서 열린다. 이번 예선에 참가한 나라는 한국, 일본, 대만, 그리고 필리핀이었다.

가장 이상적인 시나리오는 모든 경기에서 이기는 것이다.

만약 이번 대회에서 탈락하게 되면 내년 3월에 있을 또 한 번의 예선전을 치러야 했다.

그렇기에 대표팀은 단단히 기합이 들어가 있었다.

무엇보다 일본전이 걸려 있었다. 아무래도 조금 더 신경이 쓰일 수밖에 없었다. 대만에 도착하여 하루를 쉰 대표팀은 다음 날부터 훈련을 시작할 계획이었다.

정상적이라면 3시간의 스케줄을 소화해야 했다.

하지만.

"감독님, 경기장 관계자가 왔는데 1시간 안으로 비워야 된답니다."

"뭐?"

김경석이 황당한 표정을 지었다.

대표팀의 실무를 보는 직원이 난감한 표정으로 말을 이었다.

"그라운드를 정비해야 된다고 합니다. 그 뒤에는 대만 팀의 연습이 잡혀 있다고 1시간 뒤에는 나가야 된다고 하네요."

"하아……."

한숨이 절로 나왔다.

사실 국제 대회를 할 때면 텃세가 매번 있어 왔다. 특히 자국의 팀이 출전하는 경기면 더욱 그랬다.

"일단 운영본부 쪽에 항의를 해. 바뀔 건 없겠지만, 바로 연습 시작하도록 하지."

"알겠습니다."

불공정한 일이다.

하지만 당장 항의를 한다고 해서 바뀔 건 없었다. 그걸 알기에 일단 훈련을 진행해야 했다.

1시간이란 짧은 시간.

최대한 효율적으로 써야 했다.

그러나 뭔가 하기는 애매한 시간이었다.

결국 가벼운 스트레칭과 캐치볼을 끝내고 훈련을 끝낼 수밖에 없었다. 버스에 오른 대표팀은 누구나 할 것 없이 불만을 토로했다.

"해도 해도 너무하네. 무슨 훈련을 1시간밖에 안 시켜주는데?"

“대만, 이것들이 옛날부터 치사하긴 했는데. 이번에는 더 심하네.”

“들어보니 일본 애들은 또 제대로 훈련했다던데요?”

“그럼 우리만 견제하기로 작정한 건가?”

“망할 새끼들, 내일 되면 두고 보자.”

선수들은 이를 갈았다.

견제였지만 오히려 대표팀의 승부욕에 기름을 부었다.

‘아시안 게임 때는 이런 일이 없었는데.’

이전 삶에서는 대표팀의 근처도 가지 못했다. 그랬기에 이런 대우를 받는 건 처음이다.

상상도 못 했었다.

기사에도 나오지 않으니 모를 일이었다.

‘이런 일을 매번 겪었단 말이지.’

찬열의 승부욕도 불타올랐다.

다음 날.

대표팀이 버스 앞에 모였다.

버스에 오르기 전 김경석 감독이 그들의 앞에 섰다.

그는 선수들의 표정을 하나하나 살폈다.

투지에 불타고 있었다.

말하지 않아도 승부욕이 느껴졌다.

이거면 됐다.

"가자."

"예!"

간단한 말에 선수단이 버스에 올랐다. 곧 버스가 호텔에서 멀어졌다.

대만 타이중 인터콘티넨탈 구장. 이곳에서 맞이할 상대팀은 바로 대만이었다. 어제 개최국인 대만이 텃세를 부린 이유 중에 하나였다.

"녀석들은 어제 하루 종일 훈련을 했다더라."

어디서 이런 소문을 들었는지 모른다.

하지만 헛소문은 아닐 것이다.

'그게 아니면 우리 훈련을 방해할 이유가 없지.'

한국 대표팀은 가볍게 몸을 풀었다. 작전 회의는 간단했다. 대만의 정보는 거의 없었다.

일본이나 미국에서 뛰는 투수에 관해서는 어느 정도 정보가 있는 게 다행이었다. 대부분 베일에 가려져 있었기에 각 포지션별로 최선을 다하는 게 오늘의 작전이었다.

"선발은 류성일, 다음 투수는 상황에 따라 다르겠지만 박찬태로 간다."

사전에 예고한 대로 류성일이 선발로 낙점됐다.

"1번 김종석, 2번 이형태, 3번……."

김경석이 고개를 들어 찬열을 바라봤다.

"정찬열, 4번 박대수."

단순 성적만 놓고 보면 찬열이 4번이 되어야 한다. 하지만 오늘 경기는 국제 대회다. 김경석은 조금 더 안전한 선택을 한 것이다. 이해할 수 있는 일이었기에 찬열은 마음에 담아 두지 않았다.

'내 실력을 보여주면 된다.'

* * *

오후 2시.

그라운드에 한국 대표팀과 대만 대표팀이 모습을 드러냈다.

관중석에는 꽤 많은 사람이 찾아와 있었다.

대부분이 대만 응원단이었다.

한국 응원단도 있기는 했지만 정말 적은 숫자였다. 하지만 단결된 모습으로 태극기를 흔드는 모습에 선수들은 가슴이 뭉클했다. 식전행사가 끝나고 곧 경기가 시작됐다.

선공은 한국이었다.

대만의 선발투수는 린언위.

일본의 라쿠텐 이글스에서 뛰는 선수로 변화구가 뛰어나다.

"플레이볼!"

경기가 시작됐다.

1번 타자인 김종석이 타석에 있었다.

찬열은 벤치에서 린언위의 투구 동작을 자세히 살폈다.

'오른손 투수다. 공도 빠른 편이고 종으로 떨어지는 변화구가 일품이네.'

빽—!

"스트라이크! 아웃!"

[4구 만에 물러나는 김종석 선수!]

[린언위의 투구가 매우 좋습니다. 구속은 물론이고 구위도 좋아 공이 살아 들어오는 느낌이네요.]

살아 들어온다.

간단히 말해 공의 회전이 좋다는 이야기다.

[라쿠텐 이글스에 입단한 만큼 매우 좋은 피칭입니다. 한국 대표팀이 긴장을 해야 될 거 같아요.]

해설위원은 염려를 하고 있었다.

실제로 2번 타자인 김형태 역시 내야 땅볼로 물러나며 순식간에 투아웃이 됐다.

그때 찬열이 타석에 들어섰다.

"정찬열! 정찬열! 정찬열!"

한국 응원단이 그 어느 때보다 뜨거운 응원을 보냈다.

얼마나 응원이 컸는지 대만 응원단이 놀랄 정도였다.

[3번 정찬열 선수가 들어섭니다. 사실 정찬열 선수는 4번 타자로 출전하지 않을까 생각했는데요. 김경석 감독은 3번으로 기용을 했습니다.]

[이 멤버로 페넌트레이스를 꾸린다면 당연히 4번으로 기용했을

겁니다. 하지만 오늘은 국가 대표전입니다. 부담감이 클 수밖에 없죠. 그러다 보니 어린 정찬열 선수보다는 조금 더 연륜이 있는 박대수 선수를…….]

린언위가 와인드업을 했다. 그리고 공을 뿌렸다.

포심 패스트볼.

구속은 140㎞ 후반이 나올 정도로 빠른 공이었다.

낮게 그리고 몸 쪽으로 잘 붙어 왔다. 누가 보더라도 제대로 던진 공이다.

하지만.

후웅-!

찬열의 배트가 돌아갔다.

따악-!

경쾌한 소리가 그라운드를 울렸다. 외야의 그 누구도 움직이지 못했다.

양손으로 잡은 배트를 내려놓은 찬열이 1루로 뛰어갔다.

[외야수가 모두 얼어버리는 커다란 홈런이 나왔습니다! 정찬열 선수!! 첫 경기, 첫 타석부터 엄청난 홈런을 날려 버립니다!]

김경석은 그라운드를 도는 찬열을 보며 고개를 저었다.

'저놈은 긴장도 안 하는 거 같군.'

그는 정찬열을 3번 타자로 넣은 자신의 실수를 깨달았다.

'천상 4번이야.'

그는 타고난 4번 타자였다.

찬열의 홈런은 린언위를 흔들었다.

한국 대표팀은 흔들리는 린언위를 가볍게 두드려 1회에만 4점을 뽑아냈다.

공수교대가 이루어지고 류성일이 마운드에 올랐다.

연습 투구가 끝나고 찬열이 마운드를 방문했다.

“공 좋네. 직구만 던져도 저것들 다 잡겠다.”

찬열의 넉살 좋은 말에 류성일이 피식 웃었다.

듣기 좋으라고 한 말이란 걸 안다. 그래도 기분이 좋았다.

“너랑 이렇게 호흡 맞추는 것도 오랜만이네.”

“그러니까 잘 던져.”

“알았다, 알았어.”

가벼운 농담을 주고받은 찬열이 캐처 박스로 돌아갔다.

[타석에 1번 타자 후진롱 선수가 들어섭니다.]

후진롱은 호리호리한 체격이었다. 테이블세터의 정형이라고나 할까?

‘어디 대만 야구가 어느 정도 수준인지 한번 볼까?’

찬열의 손가락이 바쁘게 움직였다.

류성일이 고개를 끄덕였다. 하지만 찬열의 손가락은 멈추지 않았다. 이번에는 수비들에게 지령을 준 것이다.

이미 김경석 감독에게 어느 정도 권한을 받은 찬열이다.

그 사실을 알기에 내야수들이 움직였다.

1루수는 라인에 조금 더 붙었다. 나머지 내야수는 기습번트에 대비하는 모습을 보였다. 모든 사인이 끝나자 류성일이 투수판을 밟았다.

"후우-!"

깊은 한숨과 함께 공을 뿌렸다.

쐐액-!

딱-!

후진룡의 배트가 매섭게 돌았다.

타이밍이 조금 늦어 공이 백네트를 맞췄다.

'스윙이 날카로운데?'

방금 전 류성일의 공은 140㎞ 중반이었다.

전력을 하지 않았다고는 해도 초구에 저 정도 반응이면 살한 것이다.

'뭐, 예상 범위 안이지만.'

찬열이 다시 사인을 냈다. 이번에는 구종에 대한 사인이었다.

'몸 쪽 체인지업.'

류성일의 주특기였다.

그리고 바로 수비의 위치를 정정했다.

'2루수 1루 쪽으로 조금만 이동.'

후진룡의 스윙은 빠르다. 그리고 좌타다.

떨어지는 체인지업을 빨리 맞추면 당길 수밖에 없다.

그렇기 때문에 1, 2루간으로 갈 확률이 높았다.

2루수가 움직이자 류성일이 와인드업을 했다.

그의 손에서 공이 떠나는 순간. 후진롱의 배트가 돌았다.

하지만 공은 중간부터 천천히 왔고 후진롱은 배트에 공을 맞출 수밖에 없었다.

딱-!

타구는 정확히 2루수에게 굴러갔다.

본래 위치는 아니었지만 가볍게 공을 잡은 2루수가 1루로 공을 던졌다.

퍽-!

"아웃!"

[가볍게 원아웃을 잡는 류성일! 스타트가 좋습니다!]

* * *

회귀 전.

류성일은 이번 대회에서 5회까지만 공을 던졌다.

안타를 맞고 바로 박찬태로 교체가 됐다.

그리고 한국 대표팀은 4 대 2라는 아슬아슬한 스코어로 승리를 했다.

하지만.

[베이징 올림픽 아시아 예선 첫 경기에서 한국 대표팀이 대만을 8 대 0이라는 스코어로 대승을 거뒀다. 괴물 투수 류성일은 7이닝

무실점, 1피안타로 완벽투를 펼쳤다. 괴물 타자인 정찬열 선수는 1개의 홈런을 포함 3타수 3안타를 기록했다. 동갑내기 두 괴물은 배터리로도 완벽한 호흡을 자랑하며 대만을 농락했다. 한국 대표팀은 내일 숙명의 라이벌 일본과 실질적인 결승전을 벌일 예정이다.]

역사가 변하고 있었다.

예상대로 일본이 필리핀을 이겼다. 필리핀은 최약체로 평가된다. 세 팀 중 어디도 그들에게 패배하지 않을 것이다.

그게 정설이었다. 또한 찬열이 경험했던 과거도 마찬가지였다.

'원래대로라면 일본이 올라간다. 하지만 이번에는 다를 거다.'

내일 선발은 일찌감치 정해졌다.

현재 한국에서 가장 빠른 공을 던지는 한승현.

그가 내일 마운드에 오른다.

'일본에서 누가 나온다고 했더라.'

아직 정해진 건 없다. 예상은 하고 있지만 명단이 교환되지 않았다.

찬열은 내일 한승현의 리드를 어떻게 할지 고민했다.

똑똑-!

누군가가 방문을 두드렸다.

'이 시간에 누구지?'

몸을 일으키면서 시간을 확인했다.

저녁 8시.

대부분 휴식을 할 시간이었다.

의아함을 느끼며 문을 열자 한승현이 서 있었다.

"잤냐?"

"아직. 그런데 웬일이야?"

"내일 경기 이야기 좀 하려고. 들어가도 되지?"

"응."

찬열이 비키자 한승현이 들어왔다.

"실례."

뒤를 이어 류성일이 그를 지나쳤다.

"너도 있었냐?"

"어허! 87라인이 모이는데 이 몸을 빼놓으면 안 되지!"

피식 웃은 찬열이 문을 닫았다.

한승현은 의자에, 류성일은 침대에 걸터앉아 있었다.

찬열은 남은 의자를 끌어 앉았다.

"그래, 무슨 이야기를 하려고 온 거야?"

"말했잖아? 내일 경기 이야기나 하자고."

한승현이 대답했다.

찬열은 고개를 끄덕이고 류성일을 바라봤다.

넌 왜 왔냐는 무언의 질문이다.

"이 몸이 일본하고 상대해 본 적이 있잖냐? 그러니 조언을 해주기 위해서 왔지."

"네가 했던 건 독립리그 선수들이고. 오히려 승현이가 더 많지 않나? 고등학생 때 일본 대표팀이랑 붙었잖아."

"그때는 아마추어였고 지금은 프로니까."

"하긴."

고개를 끄덕이는 찬열에게 한승현이 말을 덧붙였다.

"그리고 내일 경기에 스지우치가 나올 수도 있다고 하더라."

"스지우치?"

이름은 익숙하다. 하지만 바로 떠오르지 않았다.

그러다 머리가 번뜩였다.

뒤이어 한승현이 풀 네임을 이야기했다.

"스지우치 다카노부."

고교 시절 한 번 맞붙었던 선수다.

한승현과 같은 빠른 공을 던지는 투수로 마찬가지로 역사에는 남지 않는 선수였다.

하지만 찬열과의 만남 이후 모든 게 변했다.

찬열에게 난타를 당했던 스지우치는 자신의 몸에 이상이 있다고 생각했다.

그래서 진료를 받았고 부상을 발견했다.

이후 수술을 했다는 이야기까지만 들었던 찬열이다.

놀란 표정의 찬열을 본 한승현이 설명을 이었다.

"나처럼 1년을 쉬었고 올해부터 한신에서 뛰었다고 하더라."

"한신?"

"요미우리는 수술을 결정한 스지우치의 지명을 포기했어. 그래서 한신이 데려갔지."

'이것도 변했군.'

"올해 일본에서 신드롬을 일으킬 정도로 성적이 좋았대. 듣기로는 14승을 올렸다고 하던데?"

"그 정도면 구속이나 구위는 원래대로 돌아왔다고 봐야겠네."

"그럴 가능성이 크지."

찬열은 생각에 잠겼다.

'설마 그 스지우치가 같은 인간이었을 줄이야.'

스지우치 다카노부에 대해 깊게 생각한 적이 없던 찬열이다. 그러다 보니 아예 존재를 잊고 있었다.

'과거의 구속과 구위를 회복했다면 분명 까다로운 상대가 된다. 게다가 프로의 경험까지 쌓았다면…….'

스지우치는 역사 속으로 사라진 선수다. 부상의 늪에서 빠져나오지 못하고 프로에서 단 1승도 올리지 못했다.

그런 선수가 벌써 14승을 올렸다.

부상도 모두 사라졌다.

'이제 한국의 발목을 잡겠다 이건가?'

너무 많은 게 변했다. 더 이상 회귀 전의 기억은 도움이 되지 못했다.

한승현이 정적을 깨고 이야기했다.

"오늘 불펜 투구를 하면서 느낀 거지만 포심의 구속이 조금 떨어졌다. 슬라이더는 나쁘지 않지만……."

한승현은 자신의 상태를 찬열에게 이야기했다.

동갑내기, 그리고 언론에서 붙이는 이야기가 있다 보니 모든 걸 털어놓기란 쉽지 않았다.

하지만 태극마크를 달고 하나의 팀이 된 세 사람은 서로에 대한 조언과 느낌을 숨기지 않았다.

그렇게 세 사람의 이야기는 밤늦도록 이어졌다.

다음 날.

대표팀은 호텔에서 회의를 가졌다.

타이중 경기장에서는 한창 대만과 필리핀의 경기가 이어지고 있었다.

단상에 선 김경석 감독이 입을 열었다.

"일본의 선발투수가 결정됐다. 스지우치 다카노부로 올 시즌 14승을 올린 신인 투수다. 알고 있는 사람도 있을 거라 생각된다."

예상대로였다.

이후 스지우치에 대한 브리핑이 시작됐다.

하지만 크게 얻은 정보는 없었다. 빠른 공과 다양한 변화구를 던지면서 완급 조절이 뛰어난 투수라는 정도였다.

"타자들은 정확도가 높은 타자들로 타선을 꾸렸다. 빠른 공을 대비하고 있는 모습 같으니 볼 배합에 신경 쓰도록."

"예."

그때 문이 열렸다.

대표팀 실무를 담당하는 직원이 들어왔다.

"방금 전 대만 대표팀이 필리핀을 이겼습니다."

"예상대로군."

현재 전력만 놓고 봤을 때 일본이 대만에 질 일은 거의 없다. 즉, 오늘 경기를 이기는 팀이 올림픽 직행 티켓을 얻을 확률이 높았다.

"슬슬 출발하자."

"예!"

대표팀이 각오를 다지고 버스에 올랐다.

＊ ＊ ＊

타이중 경기장.

어제와는 달리 비슷한 응원단이 양쪽 관중석에 앉아 플래카드를 펼쳤다.

[한국 대 일본, 일본 대 한국의 피할 수 없는 일전이 벌어집니다. 타이중 인터콘티넨탈 경기장에서 인사드립니다. 저는 캐스터 성대

영, 옆에는 해설을 도와주실 이순경 위원님께서 나오셨습니다.]

[안녕하세요.]

[오늘 한국은 선발투수로 한승현 선수를, 일본은 스지우치 선수를 내세웠습니다. 두 선수 모두 87년생으로 동갑내기인데요. 국제대회에서는 조금 더 연륜이 있는 투수를 내보내야 되지 않을까요?]

[일본의 사정은 모르겠습니다만 한국의 경우, 한승현 선수가 빠른 공을 던진다는 장점을 가지고 있습니다. 처음 상대하는 투수의 공이 빠르다 보면 아무리 좋은 타자라도 공략하기가 쉽지 않습니다. 그렇기 때문에 양 팀 감독이 강속구 투수들을 올렸다, 이렇게 판단을 내릴 수 있습니다.]

한승현이 마운드에 올랐다.

연습 투구를 하는 그의 공을 받으며 찬열은 오늘 그의 컨디션에 대해 파악했다.

'미트에 박히는 느낌은 좋다. 하지만 구속은 전체적으로 느려진 느낌이야.'

이후 변화구도 하나씩 받았다.

그렇게 모인 정보들로 어떻게 리드를 할지 결정을 내렸다.

연습 투구가 끝나고 타자가 타석에 섰다.

'대만전에서도 리드오프로 나왔다. 1안타, 1볼넷을 얻었고 도루도 기록했었지.'

경기 전 받았던 기록지를 떠올리며 타자에 대한 정보를 수집했다.

'좌타자인 데다가 타석의 앞에 섰다. 여차하면 기습번트도 감행하겠다. 이건가?'

강속구 투수를 공략하는 방법은 배터 박스의 가장 뒤에서 타격을 하는 것이다. 조금 더 공을 오래 볼 수 있다는 장점 때문이다. 그런데도 앞에 섰다는 건 기습번트를 할 수도 있다는 이야기였다.

1번 타자의 발은 대부분 빠르다. 그러다 보니 한 발의 차이로 아웃과 세이프가 결정되는 일이 허다했다. 배터 박스의 앞에서의 타격은 그 한 발을 결정지을 중요한 위치였다.

모든 정보를 수집한 찬열이 손가락을 움직였다.

'초구 체인지업.'

타자는 몇 가지 실수를 하고 있다.

첫째, 포심이 빠르긴 하지만 그게 전부가 아니다.

한승현은 4가지 구종을 구사할 수 있었다.

둘째, 배터 박스 앞에 있다면 변화구 대처에 미흡할 수밖에 없었다. 특히 체인지업같이 속구와 같은 위치로 날아오다 변화하는 공에는 최악이었다.

'승현이의 체인지업은 나쁜 편이 아니다. 타자의 밸런스를 무너뜨리기에는 좋다.'

한승현이 고개를 끄덕이고 투수판을 밟았다. 그리고 와인드업과 함께 공을 뿌렸다.

"흡!"

쐐액—!

속구의 궤적을 그리고 날아오는 공에 타자가 배트를 돌렸다. 그때 공의 날아오는 속도가 줄어들었다.

동시에 밑으로 떨어졌다.

깜짝 놀란 타자가 배트를 회수하려 했지만 늦었다.

딱—!

빗맞은 공이 한승현에게 돌아갔다.

마운드에서 가볍게 공을 포구한 그는 1루에 공을 던졌다.

퍽—!

"아웃!"

[초구를 건드리는 일본의 니시오카 선수! 하지만 투수에게 돌아가는 타구였습니다.]

[초구의 선택이 좋았습니다. 아마 일본 선수들은 한승현 선수의 포심을 공략할 생각으로 타석에 섰을 겁니다. 속구를 노리기 위해서는 스윙의 스타트가 빨라야 됩니다. 그런 순간에 체인지업이 나왔으니 제대로 스윙이 될 리가 없죠.]

찬열은 또 한 가지를 얻었다.

'일본 대표팀은 승현이를 극도로 경계하고 있다. 그러다 보니 초구부터 배트가 나온 거야.'

본래 일본은 팀플레이를 잘한다. 그래서 초구는 거의 건드리지 않았다. 하지만 오늘은 달랐다.

한승현을 의식해 몸에 힘이 들어갔고 제대로 된 스윙이 나오지 않은 것이다.

'역시 강속구 투수는 그 자체만으로도 압박감을 준다.'

압박감을 느끼면 요리하긴 쉽다.

찬열은 다시 마스크를 썼다.

[1회 초를 가볍게 삼자범퇴로 마무리한 한승현 선수, 마운드를 내려갑니다.]

[쾌조의 스타트입니다. 아주 좋았어요.]

[1회 말 공격을 위해 우리 대표팀의 리드오프인 김대우 선수가 타석에 섭니다. 마운드에는 스지우치 선수가 있습니다. 저희가 가지고 있는 정보로는 강속구 투수라는 것 정도인데요.]

[그렇습니다. 일본에 이승택 선수가 있지만 아직까지 스지우치 선수와는 승부를 해본 적이 없다고 하더군요.]

[선발투수로 주로 뛴 스지우치 선수와는 스케줄이 맞지 않으면 만날 수 없게 되죠.]

[그렇군요.]

스지우치가 와인드업을 했다.

과거와 조금 달라지긴 했지만 큰 차이는 없었다.

'팔의 스윙이 부드럽다.'

더그아웃에서 보더라도 투구 폼이 와일드했다.

릴리스 포인트 역시 꽤 앞에서 놓았다.

그리고 공을 놓는 순간.

쐐애애애액—!

바람을 가르는 소리가 벤치까지 들렸다.

빠억—!

"스, 스트라이크!"

공이 미트에 박히며 굉음이 터져 나왔다.

[초구 무척 빠른 공이 들어갔습니다! 구속은 155㎞가 찍혔습니다!]

[정말 빠른 공입니다. 일본도 시즌이 끝났는데 이 정도의 구속이라니…….]

구속도 구속이지만 구위도 몰라보게 좋아졌다.

'고교 시절에 만났던 스지우치에 대한 이미지는 머리에서 지워야겠군.'

찬열이 입술을 깨물었다.

스지우치 역시 삼자범퇴로 1회를 마쳤다.

이후 한승현은 2회에도 압도적인 모습은 아니지만 또다시 삼자범퇴를 만들었다.

그리고 2회 말.

[응원석이 달아오르고 있습니다! 타석에는 우리의 4번 타자 정찬열 선수가 들어옵니다!]

[대만과의 경기에서는 3번 타자로 경기에 나섰습니다만 홈런까지 날리며 무력시위를 해서 다시 4번으로 복귀한 정찬열 선수입니다.]

더그아웃의 김경석은 팔짱을 낀 채 찬열을 보고 있었다.

'초반 분위기를 가져와야 된다.'

한국과 일본의 대결은 무척이나 독특했다. 눈과 데이터로 보이는 전력 그 이상의 무언가가 있었다. 초반의 분위기가 중요한 이유였다. 분위기를 먼저 잡으면 경기의 승기까지 손에 쥘 수 있다. 그러기 위해서는 4번 타자의 역할이 중요했다.

'일본은 예상대로 베테랑 아베를 4번으로 기용했다.'

하지만 김경석은 모험을 택했다.

어제 경기에서 보여준 타격감, 그리고 선배들을 지휘하는 배짱까지.

찬열의 능력을 믿기로 한 것이다. 김경석을 비롯해 모든 선수가 기대 어린 시선으로 찬열을 바라봤다.

[자, 초구, 과연 어떤 공을…… 어?]

"뭐야?"

"농담이지?"

관중석이 술렁였다.

중계를 하던 캐스터도 순간 멘트를 잊었다.

그만큼 눈앞에 놀라운 일이 펼쳐지고 있었다.

[마스크를 쓴 포수 아베 선수가 자리에서 일어났습니다. 일본, 2회에 고의사구를 선택합니다!]

[정말 놀라운 일이 벌어지고 있습니다. 설마 주자가 없고 위기도 아닌 상황에서 고의사구를 선택할지 꿈에도 상상하지 못했습니다.]

그건 찬열 역시 마찬가지였다.

이게 무슨 일인가 싶었다.

'시즌 경기도 아니고 단판전에서 고의사구라고?'

찬열의 입장에선 황당했다.

퍽-!

"볼!"

4개의 공이 연달아 존을 벗어났다.

심판의 손이 1루를 가리켰다.

"후우-!"

한숨을 내쉰 찬열이 장비를 벗어 놓고 1루로 걸어갔다.

'이런 식으로 나왔다 이거지?'

찬열의 눈이 스지우치를 주시했다.

[첫 타석부터 고의사구를 택하는 일본 대표팀! 그만큼 정찬열 선수를 경계한다는 의미일까요?]

[그렇다고 봐야겠죠. 일본에서도 정찬열 선수는 유명합니다. 올해 세계기록과 아시아 홈런 신기록을 달성하며 일본에서도 화제가 된 적이 있었죠.]

[그래서 고의사구를 택했다는 건가요?]

[맞습니다. 단판전이라는 위험이 있지만 그만큼 정찬열 선수를 경계한다는 의미겠죠.]

베이스에 선 찬열은 리드를 가져갔다.

리드 폭이 길지 않았다.

그런데 느닷없이 스지우치의 견제구가 날아왔다.

"세이프!"

여유롭게 베이스로 돌아왔다.

하지만 그건 시작에 불과했다.

휙-!

"세이프!"

휙-!

"세이프!"

연달아 견제구가 날아왔다.

당황스러움을 넘어 짜증이 일어났다.

'뭐하는 짓거리야?'

"우우우우-!"

한국 응원단에서 야유가 쏟아졌다. 하지만 스지우치는 흔들리지 않았다. 오히려 견제구를 한 번 더 던졌다.

"세이프!"

이제 확실해졌다.

견제를 위한 게 아니다.

'내가 흥분하길 바라는 거냐?'

야구 선수 모두에게 필요한 것.

바로 평정심이다.

이게 깨지면 투구, 타격, 모든 것이 제대로 되지 않는다.

'이런 치졸한 짓을 하다니.'

국제 대회는 중요하다. 하지만 이런 짓을 하면서까지 이겨야 하는 건지 이해되지 않았다.

'본때를 보여주마.'

찬열은 이를 갈았다.

그리고 다른 선수들 역시 마찬가지였다.

승부욕이 불타오르는 건 좋다.

하지만 경기는 단순히 전의만으로는 풀리지 않았다.

일본 대표팀은 강했다.

올스타로 꾸려진 그들의 전력은 분명 한국 대표팀보다 한 수 위였다.

찬열은 또 한 번 타석에 들어섰다.

그러나 이번에도 일본 대표팀은 고의사구를 택했다.

[아~ 또다시 걸어 나가는 정찬열 선수, 철저하게 승부를 피합니다.]

공격의 물꼬가 트이지 않았다.

현재 대표팀에서 가장 컨디션이 좋은 건 찬열이다.

미국에서 실전에 가까운 훈련을 했기 때문에 경기 감각도 가장 좋았다. 그런데 일본이 계속 승부를 피했다.

이렇게 되면 다른 선수들이 물꼬를 터줘야 한다.

하지만 그러기에는 스지우치의 피칭이 너무나 좋았다.

뻐억-!

"스트라이크! 아웃!"

[박대수 선수 2타석 연속 삼진을 당합니다.]

[스지우치의 공이 너무 좋아요. 150km가 넘는 공이 구석구석을 찔러오니 상대하는 게 쉽지 않습니다.]

더그아웃에 들어간 박대수가 신경질적으로 헬멧을 던졌다.

"제길!"

이런 행동은 좋다 나쁘다 이야기할 수 없다.

스스로에 대한 분노이니 말이다.

그 모습을 지켜보던 찬열이 1루 주루 코치에게 다가갔다.

"코치님."

"응?"

"도루해도 됩니까?"

작은 소리로 말했다.

하지만 주루 코치는 놀란 눈으로 1루수의 반응을 살폈다.

국제 대회다.

한국어를 알아들을 리 없었다. 그래도 만에 하나라는 게 있어 찬열을 당겼다.

"도루? 자신 있냐?"

"견제를 자주 하지만 잡으려는 게 아니라 틈이 있습니다."

"기다려 봐."

주루 코치가 벤치에 사인을 보냈다.

김경석이 놀란 표정을 지었다. 하지만 이내 고개를 끄덕이고 다시 사인을 냈다. 그 역시 흐름을 바꿔야 된다 생각하고 있었다. 공격이 제대로 풀리지 않으면 수비에서도 문제가 생긴다.

불변의 법칙이었다. 게다가 스지우치를 흔들기에 도루만큼 좋은 방법도 없었다.

“좋아, 허락이 떨어졌다. 편할 때 뛰어.”

“예.”

그린라이트가 떨어졌다.

[타석에 김종석 선수가 들어섭니다.]

[전 타석에 라인드라이브로 3루수에게 공이 잡히긴 했지만 타구는 좋았습니다. 그런 타격을 이번에도 보여주면 좋겠는데요.]

김종석은 타석에 들어오기 직전의 이야기를 떠올렸다.

‘찬열이가 달릴 수도 있다고?’

선뜻 이해가 되지 않았다.

찬열의 통산 도루는 그 숫자가 많지 않다.

‘발이 느린 건 아니지만…….’

김종석이 이번 대표팀 연습에서 가장 놀랐던 부분이 바로 찬열의 달리기였다. 단거리의 경우, 팀 내에서 5위 안에 들 정도로 빠른 스피드를 자랑했다.

‘하지만 도루는 속도만으로 결정이 나진 않아.’

발이 빠른 것과 도루를 잘하는 건 별개의 문제였다.

순간적인 상황 판단이 중요했다.

‘잘할 수 있으려나?’

걱정이 됐다.

하지만 찬열은 평소와 같았다. 아니, 오히려 더 냉정하게 스지우치를 관찰했다.

'우투수이기 때문에 타이밍을 잡는 건 어렵지 않다. 문제는 포수의 송구 능력이야.'

아베 신노스케.

일본 제일의 포수다.

거포이면서도 수비력에서 좋은 평가를 받았다.

특히 어깨가 좋았다.

통산 도루 저지율이 2할 9푼에 달할 정도였다.

'성공률을 높이기 위해서는 속구보다는 변화구의 타이밍을 잡아야 된다.'

변화구의 경우 포구를 하는 순간 자세가 불안정해진다. 또한 스피드도 느려 포수에게 도달하는 시간이 길어질 수밖에 없다.

그 순간을 캐치하는 게 가장 좋은 방법이다.

문제는 어떻게 그걸 아느냐다.

'일단 시뮬레이션을 해보자.'

그동안 스지우치가 던졌던 구종을 떠올렸다.

'포심, 슬라이더, 커브, 체인지업을 주로 던졌다. 그중에서 가장 많이 던졌던 건 포심과 슬라이더. 커브와 체인지업도 간간히 던졌지만 비율은 절대적으로 적어.'

스지우치는 본인의 장점을 철저하게 살렸다. 그 결과 포심의 비율이 높을 수밖에 없었다.

'초구는 포심으로 갈 거다.'

찬열은 스지우치를 리드한다고 생각하며 투구를 지켜봤다.

1루를 힐끔 쳐다본 스지우치는 바로 공을 홈플레이트로 던졌다.

"흡!"

쐐액-!

뻑-!

"스트라이크!"

몸 쪽을 찌르는 날카로운 포심이었다.

타자가 움직이지 못할 정도로 볼 끝이 살아 있었다.

'좋았어.'

예상이 맞았다.

'이제부터 내가 리드를 하겠어.'

베이스에 있으면서도 찬열은 마치 마스크를 쓴 것처럼 스지우치를 관찰했다.

그런 찬열의 시선에 스지우치가 인상을 썼다.

'눈빛이 거슬려.'

스지우치는 찬열이 자신을 빤히 쳐다보는 게 마음에 들지 않았다. 그렇지 않아도 그는 기분이 상해 있었다.

사실 스지우치는 찬열과의 승부를 기대하고 있었다.

고등학생 시절. 국제 대회에서 만났던 찬열에게 난타를 당했던 기억 때문이다. 그때의 복수를 위해 칼을 갈았다.

그런데 감독이 고의사구라는 명령을 내렸다.

거부할 순 없었다.

일본 야구 역시 인맥이 무척이나 중요했다. 특히 이번 일본 국가대표 사령탑은 원로 야구인이었다. 데뷔 시즌을 성공적으로 보냈다지만 그런 감독의 말에 항명할 수 없었다.

결국 두 번이나 고의사구를 내보냈다.

자존심이 상할 대로 상했다.

그런데 찬열이 이상한 눈으로 자신을 주시하고 있었다.

'그런 눈으로 보지 마!'

휙-!

몸을 돌린 스지우치가 1루로 공을 뿌렸다.

찬열은 가볍게 베이스에 들어갔다.

"세이프!"

[아~ 또다시 견제가 시작되나요?]

[영 보기 좋은 모습은 아닙니다.]

한국 방송에서는 비난이 쏟아졌다.

그 뒤로도 2번의 견제를 더 하자 아베가 사인을 보냈다.

'주자는 내버려 둬. 공을 던져라.'

대선배인 아베다.

스지우치는 견제를 포기하고 사인대로 공을 뿌렸다.

'이번에도 포심.'

직전에 있었던 견제는 분명 정상이 아니었다. 공을 뿌리는 모습에는 신경질이 가득 담겨 있었다. 즉, 어떤 이유로 흥분했다는 거다.

뻑-!

"볼!"

'흥분한 상황에서 포수가 요구할 수 있는 건 주 무기다. 하지만 제구가 흔들리는군.'

더욱 타이밍을 잡기 편해졌다.

'다음 공은 변화구를 요구할 거다. 보통이라면 슬라이더를 요구하겠지. 하지만…….'

아베는 특급 포수다.

자신보다도 경험이 더 많다.

그런 투수가 과연 슬라이더라는 평범한 구종을 택할까?

'커브를 요구할 가능성이 높다.'

백 퍼센트는 아니다. 하지만 야구에 절대적이란 것은 없었다.

모험을 걸어야 한다.

'만약 실패한다면…….'

흔들리는 스지우치는 다시 평정심을 찾을 것이다. 이번 위기를 넘기면 롱런할 가능성이 크다.

'뛴다.'

찬열의 눈이 차분하게 가라앉았다. 결정했다. 뒤를 돌아볼 이유는 없었다.

아베가 사인을 냈다.

스지우치가 고개를 끄덕였다. 찬열이 리드 폭을 조금 넓혔다. 한 발이 아니었다. 아주 조금, 발을 끌어 반 발자국 더 나갔다.

스지우치도 그걸 봤지만 무시했다.

아베가 주자를 신경 쓰지 말라고 했던 걸 충실히 따른 것이다.

탁—!

스지우치가 퀵모션을 했다.

그 순간, 찬열이 스타트를 걸었다.

"고!"

1루수가 급하게 소리쳤다.

하지만 스지우치의 발은 이미 홈플레이트로 향하고 있었다. 지금 상황에서 투구를 멈추면 보크다. 최악이 된다.

스지우치는 있는 힘껏 공을 던지려 했다.

그게 실수였다. 힘이 들어가면서 어깨가 올라갔고 영점이 흔들렸다.

"흡!"

공을 놓았지만 원하던 코스가 아니다.

스트라이크존 가운데에서 아래로 떨어지는 커브를 던졌어야 했다. 그런데 하이패스트볼의 위치에서 스트라이크존 가운데로 궤적이 그려졌다.

'걸렸다!'

김종석의 배트가 매섭게 돌았다.

딱-!

경쾌한 소리와 함께 떨어지는 공을 당겼다.

타구는 본래 2루수가 서 있어야 될 방향으로 날아갔다.

하지만 2루수는 베이스커버를 들어간 상황.

비어 있는 공간을 뚫고 타구가 날아갔다.

[일이루간을 빠져나가는 타구! 스타트가 빨랐던 정찬열 선수는 2루를 돌아 3루에 안정적으로 들어갑니다! 김종석 선수는 1루에 멈췄습니다! 순식간에 1, 3루 상황! 스코어링 포지션에 주자가 나갑니다!]

[정찬열 선수의 스타트가 좋았어요. 변화구를 던지는 타이밍에 도루를 시도했습니다. 만약 때리지 못했다 하더라도 세이프가 됐을 거예요.]

3루 베이스에서 주먹을 불끈 쥐어 보이는 찬열을 보며 김경석이 고개를 저었다.

'대단한 놈이군. 설마 주루 센스도 저렇게 뛰어날 줄이야.'

찬열의 주루 능력은 돋보인 적이 거의 없다. 그렇기 때문에 도루 사인을 낸 적이 한 번도 없었다.

한데 방금 전 보여준 움직임은 센스가 없으면 나올 수 없는 것이었다.

'발까지 빠른 4번 타자라…….'

감독에게 이보다 좋은 타자는 없었다.

흔히들 4번 타자는 장타력만 있으면 된다고 이야기한다.

하지만 데이터로 봤을 때 4번 타자는 선두타자로 타석에 서는 경우도 많았다.

즉, 1번 타자의 역할을 하는 일도 많단 이야기다.

만약 발까지 빠르고 장타력까지 있는 선수라면?

'파이브툴 플레이어가 포수에서 나오다니.'

김경석은 감탄을 금치 못했다.

"감독님, 어떻게 할까요?"

그때 이동건이 물어왔다.

질문의 요지를 파악한 김경석이 자리에서 일어났다.

"대타다. 장호성이를 내보내."

"알겠습니다."

[김경석 감독, 여기서 승부수를 띄웁니다. 광주 타이거즈의 장호성 선수를 대타로 내보냅니다.]

[장호성 선수는 일발장타가 있습니다. 또한 빠른 공에 대한 대처능력도 리그 상위권이죠. 아주 좋은 선택으로 보입니다.]

장호성이 타석에 섰다.

왼손에 체격이 좋은 그가 타석에 있는 모습은 위압감을 주기에 충분했다. 게다가 3루에 주자가 있다는 것이 스지우치에게 부담이 됐다.

'제길! 그런 실수를 하다니.'

방금 전 실투가 계속 머리에 남았다.

이런 잔상을 빨리 떨쳐야 한다는 건 알고 있다. 하지만 쉽지 않았다. 결국 잡념이 많은 상태로 투구를 이어갔다.

"흡!"

초구는 포심 패스트볼이었다.

자신 있는 공이다. 한데 제대로 된 릴리스 포인트에 공을 뿌리지 못했다. 그 결과 공이 엉뚱한 곳으로 날아갔다.

아베가 급하게 몸을 틀어 미트를 내밀었다. 하지만 너무 멀리 벗어났다.

"빠졌다!"

주루 코치의 외침과 동시에 찬열이 홈을 파고들었다.

김종석 역시 2루로 달렸다.

[폭투가 나옵니다! 3루 주자 홈인! 1루 주자도 2루까지 무사히 들어갑니다! 순식간에 점수를 내는 한국 대표팀! 1 대 0으로 앞서 나갑니다!]

[아~ 스지우치 선수, 스스로 무너지네요. 신인의 한계를 보여주고 있습니다.]

결국 스지우치가 마운드에서 물러났다.

선취점을 뺐었다.

하지만 일본 대표팀은 강했다. 1사 2루의 상황에서 더 이상 실점을 하지 않은 채 수비를 끝냈다.

그리고 5회.

선두타자인 니시오카가 타석에 들어왔다.

3번째 타석이다.

한승현의 속구에도 익숙해졌을 가능성이 높았다.

또한 공의 구위도 떨어졌다. 볼 배합을 바꿔야 할 때다.

'몸 쪽 슬라이더.'

좌타자인 니시오카의 몸 쪽을 공략할 생각이었다.

한승현도 자신 있게 고개를 끄덕였다.

그리고 공을 뿌렸다.

"흡!"

'밋밋해!'

공의 궤적을 본 찬열의 눈이 커졌다. 꺾이는 각도가 작았다. 거의 존 한가운데로 들어갔다. 당연히 니시오카의 배트가 돌아갔다.

후웅―!

딱―!

[니시오카, 초구를 강타! 타구가 빠르게 유격수 옆을 지나갑니다!]

[아쉽습니다. 슬라이더를 던진 것 같은데 변화가 거의 없었어요. 좋은 먹잇감이 되고 말았습니다.]

첫 타자부터 1루에 나갔다. 엎친 데 덮친 격으로 발까지 빠른 주자다.

한승현이 흔들릴 수 있는 상황이다.

예상대로 일본 대표팀은 한승현을 흔들기 시작했다.

니시오카가 리드 폭을 크게 가져가고 초구를 던질 때 아예 뛰는 모션까지 취했다.

하지만 달리지는 않았다.

찬열의 어깨가 강하다는 걸 간파하고 있는 것이다.

"타임!"

결국 찬열이 타임을 요청하고 마운드에 방문했다.

로진을 묻히며 한승현이 그를 맞이했다.

"승현아."

"응."

뭐라고 이야기할까?

이 상황에서 진정하라는 말은 도움이 되지 않는다.

타자만 신경 써라?

말은 쉽다.

그게 잘되지 않으니 투수가 어려운 것이다.

고민을 하던 찬열이 결정을 내렸다.

"1루에서 촐싹거리는 저놈 내가 잡아줄게."

"어?"

"다음 공에서 내가 잡는다. 그러니 넌 최선을 다해 속구를 던져라."

"야, 그게 무슨……?"

"알았지?"

찬열의 확고한 표정에 한승현은 얼떨결에 고개를 끄덕였다.

"어……."

찬열이 그의 어깨를 두드리고는 홈플레이트로 돌아갔다.

그런 찬열의 뒷모습을 보며 한승현은 그가 했던 말을 곱씹었다.

'주자를 잡는다고? 그것도 이번 투구에서?'

어떻게? 라는 질문이 떠올랐다. 하지만 답은 보이지 않았다. 결국 할 수 있는 것이라곤 찬열을 믿고 자신이 던질 수 있는 최고로 빠른 공을 던지는 것이다.

'녀석을 믿자.'

믿는 건 어렵지 않았다. 만약 찬열이 없었다면 현재 자신은 공을 던지고 있지도 못할 것이다.

자신의 야구 인생에서 은인이라 할 수 있는 찬열이다.

당연히 믿을 수 있었다.

투수판을 밟은 그가 글러브 안의 공을 롤링하며 실밥을 잡았다.

"후우-!"

깊게 숨을 내쉬고 곁눈질로 니시오카를 확인했다.

리드 폭이 크다.

달릴 것만 같았다.

견제구를 던져야 할까?

그때 찬열의 모습이 눈에 들어왔다.

양팔을 좌우로 펼친 뒤 오른손으로 자신의 가슴을 두드리고 있었다.

나를 믿어라.

그렇게 말하고 있는 것 같았다.

한승현은 다시 마음을 다잡고 니시오카에게서 시선을 거뒀다. 그리고 발을 내디뎠다.

탁-!

1루 쪽에서 흙을 박차는 소리가 들렸다.

“고!”

누군가의 외침이 귀에 꽂혔다. 하지만 무시했다. 지금 봐야 할 건 홈플레이트에 있는 찬열의 미트였다.

“흐압!”

공을 놓는 순간 모든 힘을 집중했다. 손가락을 떠난 공이 맹렬히 회전하며 미트를 향해 날아갔다.

빠억-!

“보-”

심판이 판정을 내리려는 순간.

쐐액-!

순식간에 찬열이 1루로 공을 뿌렸다.

퍽-!

낮게 깔리며 날아가는 공에 박대수가 미트를 댔다.

미트를 뚫고 손바닥에 통증이 느껴지려는 그때, 박대수의 시야에 검은 물체가 보였다. 니시오카의 헬멧이었다.

마치 니시오카가 미트에 일부러 부딪히는 것처럼 보였다.

퍽-!

미트와 헬멧이 충돌했다.

박대수는 놀란 눈으로 1루심을 바라봤다. 그리고 자신의 미트를 들었다. 안에는 여전히 야구공이 들어 있었다.

"아웃!"

"와아아아!"

[아웃입니다! 도루를 시도했던 니시오카를 1루에서 잡아내는 정찬열!!]

[너무 빨라서 제대로 보지 못했습니다. 다시 한 번 슬로우를 봤으면 좋겠는데요.]

마치 해설위원의 말을 들어주기라도 하겠다는 듯 방금 전 장면이 슬로우로 나왔다.

[한승현 선수가 투구를 합니다. 이때 니시오카 선수가 스타트를 걸었죠. 아~]

스타트를 걸었지만 몇 발자국 가지 않았다. 달리는 척만 한 것이다.

[멈춘 니시오카 선수가 귀루를 하려는 순간, 정찬열 선수가 1루로 공을 송구했습니다. 이건 정말 빠르군요.]

[한승현 선수의 포심도 빠르긴 합니다만 이건 더 빠른 거 같기도 합니다. 무엇보다 낮게 깔려 들어가면서 자동 태그가 됐어요.]

[정말 대단합니다. 마치 메이저리그의 몰리나 포수의 송구를 보

는 것 같습니다.]

해설위원과 캐스터는 연달아 감탄을 터뜨렸다.

하지만 정말 놀란 건 한승현이었다.

'정말 잡아내다니…….'

자기가 한 말을 현실로 만들어내는 찬열의 능력에 감탄할 수밖에 없었다.

'저런 녀석이 내 공을 받아준다.'

한승현이 주먹을 불끈 쥐었다.

안정을 찾은 양 팀은 다시 한 번 투수전을 이어갔다.

다시 긴장감이 돌기 시작한 건 8회였다.

딱–!

[쳤습니다! 이형태 선수의 벼락같은 타구! 펜스를 직격한 사이 2루에 들어갑니다!]

1번 타자 이형태가 안타를 때려냈다.

그리고 2번인 김수현과 3번 이병태가 연달아 볼넷을 얻어냈다. 순식간에 주자는 만루.

[1사 만루! 타석에는 정찬열 선수가 들어섭니다!]

관중석이 술렁였다. 모든 이가 긴장하는 순간이었다. 당연히 일본의 마운드는 다시 교체됐다.

[일본의 투수가 교체됩니다. 마운드에는 한신의 수호신인 후지카와 규지 선수가 올라옵니다.]

[올 시즌 46세이브를 올린 정말 대단한 선수입니다. 마무리 투수이지만 상황이 상황인지라 역시 여기서 올리는군요.]

일본 최고의 마무리 후지카와.

그를 올렸다는 건 일본 대표팀도 사활을 걸겠단 의미였다.

그리고 초구부터 그 의지를 확실히 드러냈다.

빽―!

"스트라이크!"

[몸 쪽을 날카롭게 찌르는 포심! 승부를 걸어옵니다!]

찬열이 타석에서 물러났다. 그리고 배트를 돌렸다.

'피하지 않겠다 이거지.'

혹시나 하는 마음이 있었다.

한 시즌 73개의 홈런을 때려낸 메이저리그의 홈런왕 배리 본즈의 케이스가 있었다.

'역시 국가 대표전에서 그럴 리는 없지.'

배리본즈는 만루에서 고의사구로 나갔었다.

하지만 자신은 아직 거기까지 도달하지 못했다.

찬열은 머리를 흔들어 잡념을 떨쳐 냈다.

'승부를 걸어온다면 받아주지.'

다시 타석에 섰다.

사인을 교환한 후지카와 와인드업을 했다. 그리고 공을 뿌렸다.

정신을 집중한 찬열의 눈에 공이 흔들리는 게 보였다.

배트를 멈췄다.

빽—!

"볼!"

[정찬열 선수 2구 지켜봅니다.]

[아주 좋아요. 공을 정확하게 보고 있습니다.]

후지카와는 3구와 4구를 연달아 던졌다.

3구는 포크볼, 4구는 포심으로 파울이 됐다.

[2볼 2스트라이크 된 상황. 과연 후지카와 여기서 어떤 공을 던질지, 그리고 정찬열 선수가 그 공을 칠 수 있을지! 심장이 미치듯이 뛰고 있습니다!]

이번 이닝에서 점수 차를 벌려야 한다. 리드를 하고 있다고는 하지만 1점차다. 언제 어디서 뒤집힐지 모를 점수였다. 달아날 수 있을 때 확실하게 달아나야 했다. 그걸 알기에 찬열도 더더욱 정신을 집중시켰다.

'와라, 와라.'

마운드 위의 후지카와만이 그의 시선에 남았다.

그 순간 그가 와인드업과 함께 공을 뿌렸다.

'포심!'

궤적을 확인한 찬열이 발을 내디뎠다. 동시에 허리를 회전했다. 허리가 돌아갔지만 상체를 멈춰 있었다. 고개는 왼쪽 어깨에 붙어 정확히 히팅 포인트에 고정되어 있었다.

포인트에 하얀 공이 들어오는 순간.

"흡!"

상체를 회전시켰다.

엄청난 속도와 함께 상체가 돌아갔다.

그 순간 공의 궤적이 변했다.

'스플리터?!'

체인지업과 비슷하지만 구속은 더 빠르다. 반면에 변화는 적었다. 후지카와의 주 구종 중 하나였다.

'제길!'

떨어지는 공을 치기 위해 팔을 비틀었다. 근육이 비명을 질렀다. 하지만 반드시 쳐야 한다. 태극마크를 단 4번 타자로서 반드시 해결해야 했다.

"흐아아앗!"

따악—!

경쾌한 소리가 그라운드에 울렸다.

[쳤습니다!!]

[이건 갔어요!]

[갑니다! 어디까지?! 담장 밖까지 갑니다!!!]

"꺄아아아악!"

"와아아아아!"

그라운드 위로 한국 응원단의 함성이 터져 나왔다.

관중석에서 태극기가 미친 듯이 펄럭였다.

반대로 일본 관중들은 고개를 떨어뜨리고 있었다.

[그랜드슬램이 터집니다! 정찬열 선수!! 8회 말 만루 홈런을 기록합니다!!!]

마운드 위에서 고개를 숙인 후지카와. 그리고 그라운드를 도는 찬열의 모습에 번갈아가며 중계 화면에 잡혔다.

다음 날.

한국은 필리핀을 11 대 0이라는 압도적인 성적으로 이기고 베이징 올림픽 직행 티켓을 손에 넣었다.

찬열은 이번 대회 MVP로 뽑히며 다시 한 번 자신의 이름을 세계에 각인시켰다.

3장

달콤한 휴식

국위선양.

한국 대표팀에게 딱 어울리는 말이었다. 고작 본선 티켓을 손에 넣은 것이지만 일본 대표팀과의 일전은 전 국민의 관심을 끌어내기에 충분했다. 인천공항을 통해 입국한 그들을 팬들과 취재진이 맞이했다.

모든 선수가 카메라 플래시와 환영을 받았지만 단연 최고의 인기는 찬열이었다. 취재진들과 팬들에게 한바탕 둘러싸였던 그는 녹초가 되어 집으로 향했다.

집에 도착한 찬열은 씻지도 않고 침대에 누웠다.

'오늘은 쉬자…….'

어깨를 짓누르는 피로에 찬열은 천천히 눈을 감았다.

* * *

다음 날.

찬열은 부모님의 집에 들렀다.

어머니가 끓여놓은 사골국에 밥을 말아 먹자 피로가 풀리는 기분이었다.

"끄윽! 잘 먹었습니다!"

"이따 집에 갈 때 곰국 얼려놓은 거 있으니까 좀 가져가."

"옙!"

거실에 앉아 있자 곧 어머니가 과일을 깎아 오셨다.

"이거 먹어라."

"잘 먹겠습니다~"

포크로 사과를 찍어 한입 베어 물었다.

아삭-!

"오, 맛있네요."

"그치? 요즘 사과가 참 맛있더라."

"그러게요."

다시 사과를 한입 넣으려는 그때.

[기억하는 사람이~]

전화가 울렸다.

액정을 확인하자 김영재의 번호가 찍혀 있었다.

"잠깐 전화 좀 받을게요."

어머니가 고개를 끄덕이자 통화 버튼을 눌렀다.

"예, 김 대표님."

[잘 지내시죠? 뭐하고 계시나 싶어서 전화해 봤습니다. 혹시 훈련하고 있는 건 아니겠죠?]

"아니에요. 저도 이번에는 지쳐서 푹 쉬고 있습니다."

[아주 좋아요. 올해는 너무 무리를 많이 했어요. 쉴 때는 푹 쉬어야 됩니다. 그런 의미로 제가 선물을 드릴게요.]

"선물이요?"

[저와 친분이 있는 곳에서 숙박권을 보내줬어요. 설악산에 있는 곳인데 풍경이 좋습니다. 요즘 눈도 내린다고 하니 부모님 모시고 가보세요.]

"산이요?"

[산이라기보다는 호텔이에요. 그런데 개별 온천도 있다고 합니다.]

'온천…….'

찬열이 어머니를 바라봤다.

과거 자신을 위해 미국에 오셨던 어머니가 가장 아쉬워했던 게 떠올랐다. 바로 온천이었다.

미국에도 온천이 있긴 했지만 찬열이 있는 지역은 없었다.

다른 주로 가려 해도 찬열 때문에 가기 힘들었다.

'어머니가 좋아하시겠지.'

찬열은 곧장 대답을 했다.

"알겠습니다. 그럼 부탁 좀 드릴게요."

[예, 그럼 내일 오전 중으로 가져다 드리겠습니다.]

"예, 들어가세요."

전화를 끊은 찬열을 보던 어머니가 물었다.

"매니지먼트 대표님이시니?"

"예, 어머니. 혹시 다음 주쯤에 시간 괜찮으세요?"

"다음 주?"

"네, 대표님이 온천이 있는 호텔 숙박권을 주신다는데 시간이 괜찮으시면 같이 가요. 아버지도 함께요."

"온천? 좋지! 엄마는 완전 좋아! 아빠한테도 내가 물어볼게!"

벌떡 자리에서 일어나 집 전화를 드는 어머니의 모습에 찬열이 미소를 지었다.

'저렇게 좋아하시다니. 진즉에 시간 좀 낼걸.'

다음 날.

김영재가 집까지 찾아와 숙박권을 주었다.

"내년까지 사용할 수 있습니다. 가시기 전에 예약 전화만 한 통 넣으시면 돼요."

"잘 쓸게요."

"푹 쉬다 오세요. 그래야 내년에도 열심히 운동하시죠."

"예."

김영재는 바로 돌아갔다.

찬열은 집으로 돌아와 곧장 아버지에게 전화를 걸었다.

"아버지, 저예요."

[그래, 무슨 일이냐?]

"방금 김 대표님이 숙박권 주고 가셨거든요. 예약을 해야 해서 슬슬 일정을 잡으려고요."

[그럼 오늘 집으로 넘어와라. 저녁이나 먹으면서 이야기하자.]

대답을 하려다 좋은 생각이 머리를 스쳤다.

"아버지, 그러지 마시고 밖에서 먹어요."

[외식하자고?]

"네, 제가 준비할게요."

[좋은 생각이구나. 그럼 정하고 연락 주렴.]

"네."

전화를 끊은 찬열은 고민에 잠겼다.

어디가 좋을까? 부모님이 함께 가는 곳이다. 좋은 곳으로 모시고 싶었다.

[기억하는 사람이~]

전화가 울렸다.

번호를 확인하니 윤주희였다.

무슨 일이지?

"여보세요?"

[찬열 씨! 저 윤주희예요. 잘 지내시죠?]

"네, 푹 쉬면서 지내고 있어요. 주희 씨는 어떻게 지내세요?"

[매일 출근이죠. 바빠서 죽겠어요.]

투정을 부리는 그녀가 귀엽게 느껴졌다.

[참, 오늘 전화를 드린 건 다름이 아니라. 조만간에 저희 프로그램에서 와이번스 선수들 인터뷰를 해야 하는데요. 시간이 괜찮으실까 해서요.]

"네, 뭐 상관없어요. 그런데 이런 건 원래 구단에서 연락이 오지 않나요?"

[찬열 씨와 연락한 지도 오래돼서 겸사겸사 제가 연락했어요. 혹시 불편하세요?]

물어오는 목소리가 떨리는 게 느껴졌다.

"아뇨, 저도 오랜만에 주희 씨 목소리를 들어서 좋았습니다."

[정말요?]

"네."

[다행이다.]

참, 감정을 숨기지 못하는 아가씨였다.

그러다 찬열의 뇌리에 번뜩 생각이 떠올랐다.

"참, 주희 씨."

[네?]

"혹시 부모님 모시고 갈 괜찮은 식당 아시는 곳 계세요? 아무래도 저보다는 많이 아실 거 같아서요."

[…….]

대답이 없었다.

"주희 씨?"

[몰라욧!]

뾰족한 목소리와 함께 전화가 끊겼다.

갑작스러운 상황에 찬열은 어리둥절한 얼굴로 핸드폰을 바라봤다.

'뭐지?'

회귀를 했지만 여자에 대해 잘 모르는 찬열이었다.

그때 핸드폰이 울렸다.

[메시지 왔어~]

문자였다.

발신인을 확인하자 윤주희였다.

[메일 알려주시면 몇 곳 골라서 보내드릴게요.]

참 알 수 없는 아가씨였다.

저녁이 되자 찬열은 부모님 댁으로 향했다.

택시에 몸을 실자 기사가 단번에 알아봤다.

"이야~ 오늘 횡재했네. 우리 와이번스의 영웅 정찬열 선수를 다 태우고 말이야!"

그 뒤로 시작되는 아저씨의 수다에 적당히 맞장구를 쳤다.

'정말 차가 있는 게 좋겠어.'

단지 사람들이 알아보는 것 때문은 아니다.

팬들이 알아봐 준다는 건 프로로서 당연히 기뻐해야 될 일이다. 하지만 부모님이나 개인적으로 움직일 때 매번 이런

식으로 택시를 타고 다니면 썩 좋진 않았다. 차의 필요성을 느끼며 찬열은 부모님 댁에 도착했다.

딩동-!

[찬열이니?]

"네."

벨을 누르자 문 너머에서 다가오는 소리가 들렸다.

곧 도어락이 풀리며 문이 열렸다.

"어서 오렴."

"와……."

어머니를 본 찬열이 입을 벌렸다.

여자의 변신은 무죄라지만 화장을 하고 곱게 차려입은 어머니는 아름다웠다. 평소 앞치마를 두른 모습만 봤기에 이런 모습은 또 색달랐다.

"이상하니?"

어머니가 자신의 옷차림을 내려다보며 물었다.

불안한 목소리에 다급히 고개를 저었다.

"아뇨, 정말 예쁘세요."

"그래?"

해맑게 웃으시는 어머니의 모습에 찬열도 웃었다.

그때 아버지가 나오셨다. 아버지도 멋들어진 정장을 입으셨지만 어머니만큼의 변화는 아니었다.

"네 엄마가 오늘 얼마나 기대했는지 점심도 안 먹고 기다리고 있었다."

"정말요?"

"이이는!"

아버지를 타박하는 어머니의 모습에 찬열이 먼저 앞장섰다.

"그럼 어서 가죠."

"그러자."

아버지의 차에 몸을 실었다.

"제가 운전할게요."

"응?"

"그러라고 해요."

"그, 그럴래?"

어머니의 말에 아버지가 차키를 건넸다.

손이 떨리는 게 느껴졌지만 찬열은 애써 무시하고 운전석에 앉았다.

'오랜만이네.'

회귀 전에는 운전을 자주했었다. 미국의 경우 차가 없으면 이동이 불편하기 때문에 거의 매일 했다.

하지만 회귀 후에는 처음이다. 사실 찬열이 면허를 딴 건 고3 때의 일이다. 아버지가 남자는 면허를 가지고 있어야 한다고 반강제적으로 운전면허를 취득했다.

그 뒤로 운전을 한 적이 없었다.

최소한 아버지는 그렇게 알고 계셨다. 그랬기에 차 키를 넘기시는 아버지의 손이 떨릴 수밖에 없었다.

'그랜저는 오랜만인데.'

준대형 세단을 모는 건 오랜만이었다.

하지만 자신 있었다.

시동을 걸고 곧장 출발했다.

부드럽게 움직이는 차체의 느낌에 어머니가 놀란 눈으로 아버지에게 말했다.

"아들이 당신보다 운전을 더 잘하네요?"

"크흐흠!"

언짢으신 아버지가 헛기침을 연신 하셨다.

그렇게 도착한 곳은 서울에 위치한 호텔이었다.

처음에는 인천으로 갈까 했지만 그래도 처음 부모님을 모시는 자리였다.

좋은 곳으로 가고 싶었다.

발레파킹을 맡기고 부모님과 함께 호텔로 들어갔다.

엘리베이터에 몸을 싣자 어머니가 조금 떨리는 눈동자로 물어왔다.

"여기에 예약했어?"

"네."

"비싼 곳 아니야?"

"엄마 아들이 돈 좀 벌잖아요."

장난기를 담은 말에 어머니의 표정이 다소 풀어졌다.

엘리베이터가 도착하자 곧장 레스토랑의 로비가 나왔다.

직원이 다가왔다. 그는 찬열을 보고는 흠칫 놀라더니 이내 직업 정신을 발휘해 미소를 지었다.

"어서 오십시오. 예약하셨습니까?"

"정찬열로 했어요."

"네, 안내 도와드리도록 하겠습니다."

본인 확인은 필요 없었다.

찬열의 얼굴이 바로 확인이나 다름없었으니 말이다.

레스토랑은 무척 고풍스러운 분위기였다. 은은한 조명과 부드러운 피아노 선율이 어우러져 부드러운 분위기를 내고 있었다. 또한, 창밖으로 보이는 도시의 전망 역시 최고였다.

힐끔 어머니를 바라보니 기뻐하는 모습이 역력했다.

'이곳으로 택하길 잘했어.'

이 레스토랑은 윤주희가 첫 번째로 추천한 곳이다.

처음에는 양식이란 말에 조금 주저했다.

아무래도 부모님을 모시고 간다는 생각에 한정식같이 밥이 나오는 곳을 생각했었다. 아니면 한우식당 같은 곳 말이다.

그 이야기를 문자로 하자 윤주희가 절대 반대했다.

[많은 남자분이 간과하는 게 어머니도 여자라는 거예요. 여자라면 당연히 분위기 있는 프렌치 레스토랑에서 식사를 하고 싶은 마음이 있어요.]

세 사람은 별도의 룸으로 안내받았다.

가족끼리 오붓한 시간에 방해를 받을까 걱정한 찬열의 생각이었다. 룸의 벽이 통유리로 되어 있어 전망을 구경하기에는 더욱 좋았다.

"메뉴입니다."

자리에 앉자 직원이 메뉴판을 주었다.

사실 봐도 뭐가 뭔지 알 수 없었다.

그때 직원이 설명을 해주었다.

"코스 요리는 애피타이저와 스프 그리고 메인 디시와 디저트로 구성되어 있습니다. 그 외에 단품 요리도……."

직원의 설명을 듣고 코스 요리로 주문을 했다.

직원이 룸을 나가자 어머니가 눈을 빛내며 창밖을 바라보셨다.

"정말 예쁘다. 저기 남산 타워까지 보여."

좋아하시는 어머니의 모습에 아버지가 찬열의 어깨를 툭 쳤다. 그러고는 엄지를 척 내밀었다.

"베스트 초이스다."

"네."

찬열은 윤주희가 남겼던 마지막 메시지를 떠올렸다.

[아버님이 양식을 좋아하시지 않으셔도 어머님이 좋아하시면 아버님도 좋아하실 거예요.]

며칠 뒤.

찬열은 부모님과 함께 설악산 인근의 호텔에 와 있었다.

예상과 달리 호텔은 정말 고급스러운 곳이었다.

또한 지어진 지 얼마 되지 않아 시설도 최신식으로 지어져 있었다.

온천은 개인 탕과 공용 탕이 있었다.

저녁을 먹기 전 찬열은 아버지와 함께 공용 탕에 몸을 담갔다.

"으으, 시원하다~"

탕에 들어가시는 아버지가 신음과 함께 몸을 담그셨다.

뒤를 이어 찬열도 탕에 들어갔다. 어릴 때는 이런 탕에 몸을 담그고 있는 게 그렇게나 싫었던 찬열이다.

그런데 나이가 들고 나니 진정한 묘미를 알 수 있었다.

"시원하다~"

"푸하하! 너도 이제 탕이 시원할 나이가 된 거냐?"

아버지가 유쾌하게 웃으셨다.

그러고 보니 이렇게 아버지와 옷을 벗고 목욕을 하는 건 정말 오랜만이었다. 어릴 때야 자주 했지만 나이가 들고 나서는 전혀 하지 못했다.

미국으로 떠난 뒤에는 더욱 할 수 없었다.

할 생각도 못 했고 말이다.

'앞으로는 조금 더 잘하자.'

참 많은 걸 느끼게 해주는 가족여행이었다.

"찬열아."

"네."

아버지의 부름에 고개를 돌렸다.

"고생했다."

간단한 한 마디였지만 많은 의미가 담겨 있었다.

찬열은 울컥하는 감정을 억누르며 고개를 끄덕였다.

"예."

그렇게 부자의 목욕이 끝났다.

* * *

가족 여행에서 돌아온 찬열은 본격적인 훈련을 시작했다.

피트니스 센터에 출근 도장을 찍는 찬열의 곁을 한영호가 지키며 도왔다.

"자! 라스트!"

"훅! 훅!"

찬열이 좌우를 빠르게 오갔다. 움직일 때마다 이마에 맺힌 땀이 흘러내렸다. 순식간에 온몸이 젖어가는 그의 모습을 보며 한영호가 더욱 채찍질을 했다.

"느려졌어! 조금 더 빠르게! 라스트야! 라스트!"

"예!"

폐에 숨이 차서 금방이라도 터져 버릴 것 같았다. 입안이

바짝바짝 말랐지만 멈출 순 없었다.

"이를 악물고 뛰어!"

"크악!"

"오케이!"

한영호의 콜과 동시에 찬열이 그대로 쓰러졌다.

그런 찬열의 손을 잡고 한영호가 강제로 일으켰다.

"쓰러져 있으면 더 힘들어."

"헉, 헉, 네……."

금방이라도 토할 것 같은 기분이었다.

그때 구세주가 나타났다.

"찬열 씨! 손님 왔어요!"

멀리서 들려오는 정은지의 목소리에 찬열이 고개를 들었다.

거기에는 윤주희가 서 있었다.

가볍게 샤워를 한 찬열은 옷을 갈아입고 휴게실로 들어섰다. 거기에는 윤주희가 앉아 있었다.

찬열이 들어오자 그녀가 자리에서 일어났다.

"훈련에 방해된 건 아니에요?"

"괜찮습니다. 딱 끝나는 타이밍에 맞춰 오셨어요. 조금만 더 일찍 오셨으면 좋았을 텐데……."

"호호, 강철 체력의 찬열 씨가 그렇게 말하다니. 훈련이 꽤 하드한가 봐요?"

"장난 아닙니다."

혀를 내두르는 찬열이 자신이 받는 훈련에 대해 간략하게 설명했다.

그러자 윤주희가 눈을 반짝였다.

"꽤 선진화된 훈련법을 사용하네요."

"최근에는 국내에서도 하는 피트니스 센터가 있다고는 하는데 전 이곳에 2년 전부터 다녔거든요. 그때도 이 정도 수준으로 했습니다."

"오호."

윤주희가 고개를 끄덕였다.

시즌에 뛰어난 성적을 기록하는 선수의 대부분은 비시즌 기간에도 매우 열심히 한다. 하지만 신인이라면 비시즌 기간 자신이 뭘 해야 할지 모르는 선수가 대부분이다. 간단히 말해 신입사원을 생각하면 된다. 첫 출근한 신입사원에게는 따로 업무를 주지 않는다.

일단 사무실의 분위기에 익숙해지라는 뜻이었다.

야구 선수도 똑같다.

성인이 되었지만 그들이 하는 행동은 물가에 내놓은 어린 아이들과 같았다.

'그런데 찬열 씨는 지명된 순간부터 이곳에서 훈련을 했다 이거지.'

뭔가 찬열의 압도적인 성적의 비밀을 조금 엿본 기분이었다.

"주희 씨?"

"아, 죄송해요. 잠깐 다른 생각을 하느라. 참, 조만간에 있을 촬영 내용이에요. 사실 별다른 내용은 없지만 그래도 알고 계시면 좋을 거 같아서요."

"감사합니다."

윤주희가 건네준 서류를 찬열이 간단히 살폈다.

정말 별다른 내용이 없었다. 굳이 직접 와서 전해 줄 내용도 아니었다. 의아해서 물어볼까 하는 순간 윤주희가 먼저 질문을 던졌다.

"부모님이랑 식사는 잘하셨어요?"

"아, 정말 감사해요. 주희 씨가 추천해 주신 곳에 가니 어머니가 정말 좋아하셨어요. 아버지도 마찬가지고요."

"그래요? 다행이에요."

"보답이라긴 뭐하지만 다음에 제가 밥 한번 살게요."

찬열의 말에 윤주희의 입가에 미소가 그려졌다.

"좋아요!"

정말 기뻐하는 윤주희였다.

와이번스 사무실.

시즌 중이 아니더라도 프런트는 일을 한다.

이혜성 역시 업무를 보고 있었다.

최근 스프링캠프 덕분에 사무실은 눈코 뜰 새 없이 바빴다. 야구단의 시작이나 다름없는 캠프다. 선수단을 구성하는 건 코칭스태프가 할 일이지만 그 외의 일은 프런트가 해야 했다. 호텔 섭외, 연습장, 요리사, 식료품, 공항 등등. 할 일은 태산이었다.

덕분에 최근 야근이 잦았다. 몸은 힘들었지만 일은 재미있었다. 오늘도 늦게까지 일을 하고 있던 바로 그때.

뚜르르-!

사무실 전화가 울렸다.

"여보세요?"

[Hello.]

전화 너머에서 영어가 들려왔다. 당황할 일은 아니다.

최근 와이번스에는 외국에서 걸려오는 전화가 자주 있었다.

이혜성은 침착하게 영어로 대응했다.

"네, 인천 와이번스 구단 사무실입니다."

[반갑습니다. 저는 LA다저스 구단의 릴리 카터라고 합니다.]

'LA다저스?'

한국인이라면 모를 수 없는 구단이다.

야구를 모른다 하더라도 그들의 모자를 가지고 있는 사람이 널렸을 정도로 유명한 곳이다.

이혜성은 떨리는 마음을 진정시키며 대화를 이어갔다.

4장

메이저리그

이진구의 사무실.

사무실의 주인을 포함해 3명의 사내가 소파에 앉아 있었다. 찬열을 영입하는 데 가장 큰 공을 세운 김준태와 이혜성이었다.

이진구는 자신이 들었던 보고를 다시 한 번 확인했다.

"그러니까 LA다저스에서 경기장을 사용해도 좋다 이랬다는 건가?"

"예, 대신에 캠프 중간중간 자기네 직원이 직접 보고 싶다는 단서를 붙였습니다."

이혜성이 떨리는 목소리로 보고했다.

이진구 단장에게 직접 보고를 하는 건 오늘이 처음이었다.

사장과 구단주가 있기는 하지만 그들에게 보고가 들어갈

일은 극히 드문 일이다.

구단의 실질적인 오너는 단장인 이진구다.

떨리는 게 당연했다.

“김 차장, 이걸 어떻게 생각해야 되는 건가?”

“다저스 측의 의도는 간단합니다. 정찬열 선수를 관찰하고 싶다는 의도입니다.”

“흠.”

이진구도 눈과 귀가 있다. 메이저리그에서 정찬열을 주의 깊게 보고 있음을 잘 알고 있었다.

“메이저리그에서 이랬던 적이 있나? 우리나라와 일본을 통틀어서 말이지.”

“제가 알기로는 없습니다. 구단끼리 자매결연이나 협약을 맺어 메이저리그 스프링캠프 연습장을 사용한 케이스는 있긴 합니다만…….”

선수 때문에 직접 연습장을 제공하는 건 처음 있는 일이었다.

“그만큼 관심이 있단 소리겠군.”

“예.”

“다저스가 꽤 공격적이군. 다른 구단들은 조용한데 말이야.”

“과거에도 한국 마케팅으로 성공했던 다저스입니다. 다른 구단은 눈치를 보고 있는 지금 공격적으로 나올 수 있는 이유죠.”

이진구가 고개를 끄덕였다.

"하지만 이미 캠프의 경기장이나 호텔 등, 준비는 끝나지 않았나?"

"예, 계약금도 걸려 있습니다. 취소한다면 금전적인 손해는 따를 겁니다."

"흠."

만만치 않은 손해다. 평소라면 당연히 거절했을 제안이다. 그럼에도 불구하고 고민을 하는 건 메이저리그 연습 시설이기 때문이다.

아무리 좋은 곳을 섭외했다 하더라도 메이저리그에 비교하면 수준이 떨어질 수밖에 없다. 그런 장소를 무상으로 사용할 수 있다는 건 큰 메리트다.

"김 차장 생각은 어떤가?"

"메이저리그 캠프에서 훈련을 한다면 이슈가 됩니다. 홍보 차원에서는 나쁘지 않은 선택입니다. 그리고 선수들의 사기도 많이 오를 겁니다."

"선수들의 사기?"

"예, 메이저리그에서 훈련을 했다는 건 선수들에게 있어 플러스 요인이 될 겁니다. 캠프를 진행하는 데 있어 좋은 효과가 있을 겁니다."

"흠……."

분명 플러스되는 부분이 많았다.

하지만 금전적인 손해까지 보면서 옮길 만한 구미가 당기지 않았다.

그때 김준태가 마지막 한 방을 날렸다.

“또한 다저스와 협약을 맺을 수도 있습니다. 그들이 먼저 부탁을 했으니 저희 이야기도 좋은 쪽으로 생각해 줄 가능성이 큽니다.”

“하지만 다저스는 잠실 트윈스와 자매결연을 맺지 않았나?”

“그렇다고 해서 저희와 결연을 맺지 않을 거란 보장은 없습니다. 또 그들이 아니더라도 다른 구단이 접근해 올 가능성도 있습니다.”

김준태의 설득에 이진구가 서서히 넘어왔다.

결국 그는 결단을 내렸다.

“일단 간부 회의를 진행하도록 하지. 최대한 빠른 시간 내에 회의를 준비하게.”

“알겠습니다.”

“그리고 이 대리.”

“네.”

“다저스 측에 연락해서 잠깐만 기다려 달라 하게. 자네가 전화를 받았으니 자네가 꾸준히 그들과 연락선이 되어 줘야겠어.”

“예!”

“시간이 가장 중요해. 빠르게 처리하도록 하자고.”

성격만큼 일의 추진력도 화끈한 이진구 단장이었다.

회의는 사실 무의미했다. 이미 단장의 마음이 어느 정도 기운 상황이었다. 또한 반대를 할 사람도 없었다.

메이저리그 구단의 캠프를 무상으로 사용할 수 있는 기회다. 놓칠 이유는 없었다.

“좋아, 그럼 바로 추진하도록 하지. 다저스에 연락해서 오케이 사인을 주고 호텔 섭외하도록 해. 그 외의 모든 준비도 철두철미하게 끝내도록!”

“감독님께는 어떻게 말씀드릴까요?”

“내가 직접 하도록 하지.”

이진구 단장은 당일 이동건 감독을 만났다.

사정 이야기를 들은 이동건 감독도 놀라긴 매한가지다.

하지만 거절할 이유는 없었다.

“이런 좋은 기회를 마다할 감독은 없겠죠. 꼭 좀 부탁드리겠습니다.”

“알겠습니다. 그럼 최선을 다해 준비하도록 하겠습니다.”

결정이 났으니 발 빠르게 움직였다.

이혜성은 다저스에 연락을 해서 오케이 사인을 주었다.

그러자 릴리 카터가 반가운 소식을 전달했다.

[그럼 호텔은 저희가 캠프에서 가까운 곳으로 후보를 선정해서 보내드리도록 하겠습니다.]

“그래주시면 감사합니다.”

마치 예상이라도 했다는 듯 다저스는 빠르게 호텔 명단을 보내주었다.

명단을 받아 든 이혜성은 곧장 김준태에게 보고를 올렸다.

“다저스에서 이런 것까지 챙겨주다니. 찬열이를 정말 원하나 보군.”

김준태가 미소를 지으며 명단을 다시 넘겼다.

“바로 호텔들 확인해 봐. 위치도 중요하지만 시설이 더 중요하니까.”

“알겠습니다.”

홀로 남은 김준태는 창밖을 바라봤다.

‘한국 야구에 이런 선수가 있었던가?’

한국에서 뛰는 선수다. 그런 선수가 한국만이 아니라 메이저리그까지 움직이게 만들었다. 그것도 프로 3년 차에 말이다. 정말 대단한 선수가 아닐 수 없었다.

* * *

1월 초.

와이번스는 공식 문서를 통해 LA다저스의 스프링캠프장을 이용하기로 했다는 걸 발표했다.

이는 곧 이슈가 되었다.

KBO 구단이 메이저리그 구단의 스프링캠프장을 사용하는 건 흔한 일이 아니었다.

게다가 LA다저스가 직접 제안을 했다는 것이 알려지면서 이슈는 더욱 커졌다. 와이번스 입장에서는 이슈가 될수록 톡톡한 홍보 효과를 누릴 수 있었다.

그리고 1월 13일.

와이번스는 인천국제공항을 통해 미국으로 출발했다.

떠나기 전 벌 떼같이 모인 취재진을 넘어야 하는 건 당연한 수순이었다. 긴 비행시간이 끝나고 로스앤젤레스 국제공항에 도착했다. 비행기에서 내린 선수단은 짐을 찾고 게이트 앞에 섰다. 그런데 게이트 밖으로 나갈 수 없었다.

"무슨 일이지?"

김태현의 질문에도 찬열은 별다른 답을 못했다.

그 역시 모르기 때문이다.

그때 공항 직원으로 보이는 남자가 다가왔다.

그를 이혜성이 맞이했다.

"무슨 일인가요? 왜 나가지 못합니까?"

"밖에 많은 사람이 몰려들었습니다. 현재 정리 중이니 잠깐 기다려 주세요."

"사람이요?"

"예, 한국인들이 당신들을 맞이하기 위해 기다리고 있습니다."

두 사람의 대화를 듣던 찬열이 놀란 표정을 지었다.

김태현이 그에게 물었다.

"왜? 무슨 일인데?"

"밖에 한국인들이 기다리고 있다는데?"

"한국인?"

"응, 우리를 맞이하려 기다리고 있다더라."

LA는 예전부터 우리나라 교민이 많이 지내는 곳이다.

그렇기에 한국인이 기다린다는 말에도 수긍할 수 있었다. 의아한 건 도대체 얼마나 많은 사람이 몰렸기에 공항 측에서 직접 통제를 하냐는 것이다.

그 의문은 곧 풀렸다.

"빠르게 이동하세요."

공항 직원의 말과 함께 게이트가 열렸다.

"꺄아아아악!"

"정찬열! 정찬열! 정찬열!"

"와이번스 환영해요!"

게이트가 열리자 엄청난 함성이 쏟아졌다.

그 모습을 바라보던 김태현이 한숨을 푹 내쉬었다.

"야, 우리를 기다리는 게 아니라 다 너를 기다리는 거네."

정말이었다.

플래카드를 비롯해 사람들은 모두 찬열의 이름을 연호했다. 이런 상황에 찬열이 할 수 있는 건 없었다.

"하하……."

그저 어색하게 웃을 뿐이었다.

겨우 공항을 빠져나온 선수단이 호텔에 짐을 풀었다. 방을 배정받은 뒤 선수들이 로비에 모였다. 이동건 감독이 그들의 앞에 섰다.

"내일까지는 시차 적응에 들어간다. 경험자들이 많으니 잘할 거라 생각한다. 신인들에게 노하우 좀 알려주고 해라."

"예."

"그리고 오늘은 자유롭게 지내도록. 단, 카지노나 소란은 금지한다. 우리는 캠프를 확인하기 위해서 잠시 호텔을 비우니 그렇게 알도록."

"알겠습니다."

"해산."

찬열은 곧장 방으로 돌아왔다.

다른 선수도 대부분 마찬가지였다. 스프링캠프에서 가장 중요한 건 바로 시차 적응이다. 훈련만큼 중요한 게 휴식이기에 시차에 제대로 적응하지 못하면 훈련을 제대로 소화할 수 없다. 그걸 알기에 대부분의 선수는 첫날 몸을 편안하게 하는 데 중점을 두었다.

이동건과 코칭스태프는 이혜성의 안내를 받아 캠프장이 있는 곳으로 향했다.

그곳에 도착하자 일단의 무리가 그들을 기다리고 있었다.

그들 중 선두에 서 있던 여인이 와이번스 일행 앞에 서자 손을 내밀었다.

"반갑습니다. 저는 LA다저스 구단의 릴리 카터예요."

"반갑습니다. 전 와이번스 구단의 이혜성입니다."

"아~ 저와 연락하셨던? 이렇게 직접 얼굴을 뵙게 되니 정말 반갑네요."

"저도 그렇습니다."

이혜성은 곧 이동건 감독과 코칭스태프를 소개했다.

"저희 팀의 감독님과 코치님들이십니다. 이분이……."

"와이번스를 맡고 있는 이동건 감독입니다."

이혜성이 소개하기 전에 이동건은 스스로 자기소개를 했다. 유창한 영어에 이혜성이 놀라는 사이 릴리 카터는 미소와 함께 그의 손을 마주 잡았다.

"LA에 오신 걸 환영합니다."

그 뒤로 코치들을 소개한 뒤 릴리 카터는 직접 그라운드 안내를 맡았다. 예상대로 시설이 무척 좋았다. 그라운드의 상태며 라커룸과 샤워시설 등. 모든 것이 갖춰져 있었다.

"이 정도면 우리가 원래 사용하던 곳보다 더욱 좋은 환경이군."

"그러게 말입니다."

모든 이가 만족할 만한 시설이었다.

무엇보다 깔끔하고 최신식으로 꾸며져 있는 것이 마음에 들었다. 그라운드도 3개나 있어서 연습 경기를 진행하는 데도 아무런 문제가 없었다.

"마음에 드시나요?"

"매우 좋습니다. 이렇게 좋은 시설을 쓸 수 있게 해주셔서 감사합니다."

"다행이네요."

캠프장을 모두 돌아본 일행이 밖으로 나왔다.

"LA에 계시는 동안 필요하신 게 있으시면 저에게 말씀하시면 됩니다."

"알겠습니다."

"참, 그리고 이건 저희 쪽 요청인데 한번 검토해 주시겠어요?"

릴리 카터가 한 장의 서류를 내밀었다.

그걸 받아 든 이동건은 바로 서류의 내용을 확인했다.

"이건……."

"대답은 바로 주지 않으셔도 됩니다. 하지만 빠른 시일 내에 알려주시면 감사하겠어요. 그럼 오늘 만남 즐거웠습니다."

인사를 한 릴리 카터는 자신의 일행들과 함께 멀어져 갔다. 그러자 이혜성이 이동건에게 물었다.

"감독님, 그게 뭡니까?"

이동건은 대답 대신 서류를 건넸다.

그걸 받아 든 이혜성이 서류에 적힌 내용을 읽어갔다.

"LA다저스의 마이너리그 구단인 라스베가스 피프티원즈와 인천 와이번스의…… 연습 경기?!!"

바로 연습 경기 요청이었다.

캠프가 시작됐다.

기초 훈련을 시작으로 나날이 훈련의 강도가 높아져 갔다.

벌써 세 번째 스프링캠프를 맞이한 찬열이다.

하지만 작년보다 올해가 더 힘들었다.

‘비시즌 기간 훈련보다 그 외의 일에 너무 신경을 썼다.’

광고 출연 같은 훈련 외적인 부분에 투여한 시간이 많았다. 또한 국가대표 경기에 출전하면서 충분한 휴식도 취하지 못했다. 덕분에 작년 같은 완벽한 몸 상태는 아니었다.

‘언제나 최고의 상태로 훈련을 할 순 없어. 이럴 때도 있는 거다.’

이것 또한 경험이라 생각했다.

다행인 점은 근성이 늘어나 이를 악물고 하니 훈련을 따라갈 수 있단 점이었다.

찬열은 휴식시간도 조금 줄였다. 호텔의 피트니스 센터에서 개인 운동을 하며 컨디션을 끌어올리려 노력했다.

대신 밤에 잠을 잘 때 오직 잠자는 것에만 열중했다.

예전에는 책을 보거나 노트북으로 동영상을 보기도 했지만 이젠 아니었다. 샤워가 끝나고 방에 들어오면 바로 잠에 들었다. 덕분에 김태훈에게 ‘착한 어린이’라는 놀림도 받았지만 개의치 않았다.

그렇게 보름이란 시간이 훌쩍 지나갔다.

선수들의 체력이 어느 정도 올라오자 이동건 감독은 본격적인 훈련을 시작했다.

타격, 투구, 수비 연습을 진행한 것이다.

캠프장에는 하루 종일 선수들의 기합 소리와 공치는 소리가 울려 퍼졌다.

* * *

이혜성이 캠프에서 하는 일은 선수단이 불편해하는 부분을 처리해 주는 일이다.

그리고 또 하나.

한국의 구단에 보고를 하는 일도 있었다. 그래서 매일 사무실에 붙어 있어야 했다. 하지만 오늘은 아니었다.

일찌감치 캠프장을 떠나 로스앤젤레스 국제공항에 도착해 있었다. 얼마나 기다렸을까?

게이트가 열리고 사람들이 쏟아졌다.

그리고 곧 원하는 인물을 발견했다.

"단장님!"

바로 이진구 단장이었다. 그의 곁에는 김준태도 함께 있었다.

"고생 많네."

"아닙니다."

가볍게 인사를 한 이혜성이 두 사람을 안내했다.

차에 오르자 이혜성이 물었다.

"호텔로 갈까요?"

"바로 캠프장으로 가지. 감독님과 인사도 해야 되니."

"알겠습니다."

차가 곧 공항을 빠져나갔다.

그러자 이진구가 질문을 던졌다.

"연습 경기 날짜는 잡혔나?"

"아직 안 잡혔습니다. 선수단이 제 컨디션을 찾은 뒤에 날짜를 잡을 계획입니다."

"너무 늦지 않나?"

이혜성은 바로 대답을 하지 못했다. 그런 결정을 내린 건 이동건이다. 캠프장에 하루 종일 붙어 있는다 해도 이동건의 머릿속 생각을 알긴 어려웠다.

그때 구세주가 나타났다.

김준태였다.

"선수단의 사기 문제 때문인 거 같습니다."

"사기 문제?"

"예, 최근 국내에서는 KBO의 수준이 트리플A 수준으로 평가를 받고 있습니다. 선수들 역시 그 정도일 거라 생각하고요."

"사실이지 않나?"

"트리플A라고 해도 각 팀의 수준 차이는 있습니다. 또한 이 시기에 마이너리그의 캠프에는 메이저리그 선수가 있을 가능성이 큽니다."

이진구가 의아한 표정을 지었다.

"그게 무슨 소린가? 메이저리그 캠프는 2월 말에나 시작하지 않나?"

"그렇기 때문에 마이너리그 캠프에서 몸을 만드는 선수들도 간혹 있습니다. 또한 다저스의 의도가 제 생각대로라면 분명 있을 겁니다."

"의도?"

"예, 그들이 원하는 건 정찬열 선수의 정보입니다. 그것도 마이너리그에서의 정보가 아니라 빅 리그에서 통할 건지에 대해 알고 싶어 합니다."

"즉, 정찬열 선수를 테스트하기 위해서 메이저리그 선수를 포진시켰을 수 있다?"

"예, 이동건 감독님 역시 그 부분을 알기 때문에 최대한 선수들의 상태가 올라왔을 때 경기를 할 계획일 겁니다."

이진구가 고개를 끄덕였다.

"그리고 방금 전 말했던 수준 차이 부분에 있어서 만약 마이너리그 팀에게 패배한다면 여론이 나빠집니다. 선수들의 자신감도 떨어질 테고요."

"그렇겠군."

이혜성은 김준태의 말에 많은 걸 알 수 있었다.

자신은 그저 간단하게만 생각했었는데. 의외로 거기에는 많은 생각이 담겨 있었다.

'조금 더 공부해야 돼.'

그렇게 생각하며 차의 속도를 조금씩 높였다.

이진구 단장의 방문은 선수단을 놀라게 하기에 충분했다.

그래서 많은 이야기가 나왔다.

"단장님이 직접 방문을 하는 거 봐서는 소문이 사실인가 본데?"

"정말 마이너리그 팀과 연습 경기를 하는 건가?"

"헛소문이라고 생각했는데……."

저녁 식사를 하는 와중에 여기저기서 마이너리그 팀과의 연습 경기에 대해 이야기가 나왔다.

찬열 역시 관심이 갈 수밖에 없었다.

"이야, 다들 연습 경기 이야기네."

그때 김태훈이 그릇을 가지고 찬열의 맞은편에 앉았다.

"너도 들었지?"

"응, 정말 하긴 할 건가 보다."

"그러게 말이야."

마이너리그 팀과의 연습 경기.

선수단 사이에 소문이 돈 건 일주일 전부터였다. 누군가

구단 직원이 통화하는 걸 들었다면서 이야기가 퍼졌다.

소문의 진원지가 누군지는 알지 못했다. 그래서 헛소문이라 생각하는 사람들이 더 많았다. 그런데 단장까지 이곳에 왔다. 응원차 왔다는 이야기를 곧이곧대로 믿는 사람은 없었다.

“그나저나 한다면 LA다저스 마이너리그 팀이랑 하겠지?”

“아마도 그렇겠지.”

“마이너리그는 실력이 어떻게 되려나?”

사실 한국인 중에 마이너리그에 대해 아는 사람은 극소수에 불과했다. 인터넷이 발전했다고는 하지만 타국 리그다. 또한 관심이 없다 보니 찾아보는 사람도 적었다. 하지만 찬열은 51s에 대해서 어느 정도는 알고 있었다.

‘만만치 않은 싸움이 되겠어.’

51s는 강한 팀이다.

또한 마이너리그 시스템상 AAAA급 선수도 분명 있을 것이다.

AAAA급이란 간단히 말해 마이너리그와 메이저리그 그 중간의 선수를 의미한다.

메이저리그 로스터에 들기에는 부족하지만 마이너리그 수준은 넘은 선수.

트리플A에는 그런 선수들이 즐비했다. 특히 마이너리그 스프링캠프에는 더욱 많았다. 이때부터 팜 디렉터의 눈에 들어 메이저리그에 진출하기 위해 노력한다.

'재밌겠어.'

오랜만에 마이너리그와의 경기다.

기대감에 미소가 절로 지어졌다.

다음 날.

이동건 감독은 훈련을 하기 전, 선수단의 앞에 섰다.

"선수단 사이에 소문이 돌고 있음을 들었다."

선수단의 시선이 감독에게 모였다. 언제까지 숨기고 있을 수 없었다. 이런 순간에도 숨긴다면 괜히 선수단에게 혼란을 줄 수 있다.

그렇게 되면 훈련에 영향이 있게 된다.

이럴 때는 그냥 진실을 말해주는 게 가장 좋았다.

"소문은 사실이다. 열흘 뒤, LA다저스 산하 트리플A 팀인 라스베가스51s와 연습 경기를 갖는다."

"오오!"

"자, 그럼 훈련 시작이다."

"예!"

그날 선수단은 의욕에 차서 훈련을 받았다. 평소에도 열심히 하지만 이날 따라 유독 열심히 한다는 느낌이었다.

그 모습을 본 이동건은 허탈하게 웃었다.

'괜히 부담을 주기 싫어서 늦게 말한 건데. 이럴 줄 알았으면 일찍 말해줄 걸 그랬어.'

선수들이 뿌듯한 그였다.

라스베가스51s와 연습 경기를 삼 일 앞둔 시점에서 청백전이 진행됐다.

첫 청백전이기에 다양한 선수를 기용했다.

덕분에 찬열은 세 번째 포수로 마스크를 쓸 수 있었다.

이동건은 장비를 차는 찬열에게 다가갔다.

“찬열아.”

“예, 감독님.”

“대표팀에서 보니까 그라운드에서 수비 위치나 그런 부분에 있어 사인을 스스로 내던데.”

“아, 예…….”

말끝을 흐렸다.

지도자의 성향에 따라 이런 부분을 월권으로 볼 수도 있다. 그렇기에 조심스러울 수밖에 없었다.

“이번에도 그렇게 해봐라.”

“예?”

“벤치에서는 따로 사인이 나가지 않을 테니, 스스로 사인을 내 봐. 수비 사인은 외우고 있지?”

상황에 따라서는 벤치의 사인을 포수가 수비들에게 전달하기도 했다.

그렇기 때문에 사인을 미리 정해둔다.

"예, 알고 있습니다."

"좋아. 그럼 오늘 경기는 그렇게 하도록 하자."

"예!"

일종의 시험이란 걸 본능적으로 알 수 있었다. 하지만 떨리지 않았다. 아니, 오히려 이동건이 자신을 이해해 준다는 것이 더욱 기뻤다.

장비를 모두 착용한 찬열이 캐처 박스에 섰다.

그는 스코어보드에 적힌 점수를 확인했다.

'7회 말에 5 대 2로 3점 뒤진 상황이라.'

찬열은 백팀이었다.

백팀에는 베테랑보다는 신인 위주로 팀이 꾸려져 있었다. 마운드 위의 투수 역시 신인이다. 작년에 입단한 김현우로 큰 키에서 오버핸드로 던져 릴리스 포인트가 매우 높았다.

찬열은 김현우에 대해 잘 알고 있었다.

원래대로라면 작년부터 1군에서 활약을 했어야 할 선수다.

하지만 김태훈의 활약으로 자리가 나지 않았다. 아니, 애초에 그를 밀어준 감독이 지금 이 자리에는 없었다. 역사가 조금씩 변하면서 프로 시작을 2군에서부터 시작하게 됐다.

'리드할 생각이나 해.'

찬열은 김현우의 장점을 떠올렸다.

큰 신장, 빠른 공, 그리고 각도가 일품인 슬라이더까지.

모든 것이 좋았다.

첫 타자가 타석으로 들어섰다. 상대는 김대우. 와이번스 부동의 1번 타자였다.

만만치 않은 상대다.

하지만 찬열은 그를 공략할 방법을 알고 있었다.

"플레이!"

심판의 콜과 함께 경기가 시작됐다.

찬열의 손가락이 빠르게 움직였다.

'포심 패스트볼, 몸 쪽.'

김현우가 고개를 끄덕일 때. 수비에 대한 사인은 내지 않았다. 초구인 만큼 김대우가 지켜볼 가능성이 컸다.

"흡!"

김현우가 와인드업과 동시에 투구를 했다.

높은 타점에서 내리꽂는 투구 폼이 인상적이었다.

구속도 더 빠르게 느껴졌다.

뻑-!

"스트라이크!"

몸 쪽을 파고드는 완벽한 공이다.

"나이스!"

김대우의 따가운 시선이 느껴졌지만 무시했다.

다시 자리에 앉아 사인을 냈다.

'슬라이더, 몸 쪽.'

김현우가 고개를 끄덕였다.

그때 찬열이 다시 한 번 사인을 냈다.

'2루수, 유격수 조금 오른쪽으로 이동.'

갑작스러운 사인에 수비수들의 얼굴에 당혹감이 나타났다. 하지만 이내 걸음을 옮겼다. 신인들이기에 찬열의 사인을 무시할 수 없었다. 수비수가 움직이자 찬열이 팔을 벌렸다.

던지라는 사인이다.

김현우가 있는 힘껏 공을 뿌렸다.

"차앗!"

쐐액—!

몸 쪽을 찌르는 공에 김현우의 배트가 돌았다.

그 순간 공의 궤적이 휘었다.

딱—!

방망이의 안쪽에 맞은 공이 일이루간으로 굴러갔다. 원래라면 빠질 수도 있는 코스다. 하지만 그곳에는 이미 2루수가 서 있었다. 1루로 전력 질주하던 김대우가 황당한 표정을 지었다.

퍽—!

"아웃!"

가볍게 공을 송구해 아웃이 만들어졌다. 그 모습을 보던 이동건이 만족스러운 미소를 지었다.

'몸 쪽을 빠르게 찌르는 포심을 보여주고 바로 몸 쪽으로 휘어 들어오는 슬라이더를 던지게 했다. 또한 수비들의 위치

를 과감하게 1루 쪽으로 이동시켰다. 모두 완벽한 선택이야.'

이는 단지 아군의 모습만 보고 내린 결정들이 아니다. 김대우, 즉 적의 능력과 성격을 알기에 가능한 결정이었다.

'눈이 좋고 정확도가 높기 때문에 김대우는 웬만큼 볼이 되더라도 맞춰서 안타를 만들어낼 수 있다. 그걸 역으로 이용했어.'

대부분의 타자들은 몸 쪽 공을 당겨 친다. 좌타자인 김대우이기에 당겨서 치면 일이루간으로 향할 수밖에 없다.

'2루수는 신인이다. 만약 정상 위치였으면 잡지 못했을 수도 있어. 하지만 이동을 시켜서 불안요소까지 제로로 만들었다.'

경기 전체를 내려다보고 있는 자의 작전이었다.

이동건은 만족하며 찬열의 지휘를 바라봤다.

5장

미래의 전설

이틀 뒤, 밤.

호텔에 한 대의 버스가 들어섰다.

방 안에서 휴식을 하고 있던 찬열은 창밖으로 그 모습을 보고 있었다. 버스의 한쪽 면에는 LAS VEGAS 51s라고 표시되어 있었다.

'드디어 왔군.'

내일.

자신들과의 일전을 치를 팀이 도착했다.

몸을 돌린 찬열이 노트북 앞에 앉았다. 전원을 켜고 인터넷에 접속한 찬열은 구글에 LAS VEGAS 51s를 입력했다.

꽤 많은 기사가 떴다. 그중에는 팀에 대한 분석 글도 있었다. 미국에서 트리플A는 꽤 인기가 있는 리그였다. 메이저리그와는 다른 매력도 있었다. 지역 사회와 밀접하여 성장한 것이 그 매력 중 하나였다. 그렇기에 각 팀에는 그들을 전담으로 분석하는 블로거가 한 명씩 있게 마련이었다.

문제는 모두 영어로 작성이 되어 있단 점이다.

하지만 찬열에게는 언어의 장벽이 없었기에 그것들을 읽는 데 별다른 문제가 없었다.

"우리와 붙는다는 걸 알리는 지역 언론도 몇 군데 있었군."

대부분 LA 지역 언론들이었다.

"작년 주전 멤버가 거의 그대로 있네."

마이너리그에도 트레이드와 FA가 있다.

그렇기 때문에 시즌이 끝나면 선수간의 이동이 생기기도 한다. 하지만 51s는 선수의 변동이 없었다.

덕분에 전략을 짜기에도 수월했다.

찬열은 늦게까지 그들의 정보를 찾아보다 잠에 들었다.

다음 날.

제1그라운드에 선수들이 모였다.

경기는 정규시즌과 같은 9회로 이루어진다.

연장전은 없고 동점이라도 경기는 바로 끝나는 방식이었다.

"연습 경기라 관중이 없을 줄 알았는데, 의외로 많네?"

김태훈의 말에 찬열도 관중석을 바라봤다. 정말로 꽤 많은 숫자의 사람이 자리를 채우고 있었다. 그중에는 수첩을 가지고 있는 남자들도 있었다. 한 손에 들고 있는 건 스피드건이었다.

'스카우트들이군.'

다저스의 스카우트인지 아니면 타 팀인지 알 수 없었다.

확실한 건 오늘 경기에 많은 이의 관심이 쏠려 있다는 것이다.

'다저스도 꽤 진심인 거 같고.'

찬열의 시선이 51s의 더그아웃으로 향했다.

거기에는 익숙한 얼굴들이 있었다. 차후 메이저리그에서 활약하게 되는 선수들이었다.

게다가 현재 빅 리그 로스터에 있는 선수도 있었다.

특히 오늘 선발인 구로다 히로키는 앞으로 메이저리그에서 대단한 활약을 펼친다.

'저 양반을 트리플A 캠프에 넣었단 말이지.'

아마 다저스 측에서 요청을 했을 것이다.

그렇지 않다면 빅 리그 계약을 맺은 그가 이 자리에 있을 리가 없었다.

'기분 좋군.'

이 모든 게 자신 때문에 일어난 일이다.

빅 리그 구단이 그만큼 관심을 가지고 지켜본다는 소리가 된다. 기분이 좋을 수밖에 없었다.

'그렇다면 기대를 충족시켜 줘야겠지.'

흥분이 되기 시작했다.

그때 한 선수가 눈에 들어왔다. 불펜에 앉아 있는 선수였는데 왠지 모르게 눈에 익었다. 문제는 정확히 기억이 나지 않았다.

'분명 아는 얼굴인데…….'

그를 유심히 보며 기억을 더듬던 그때.

"찬열아! 준비해야지."

"아, 어."

찬열은 신경을 끌 수밖에 없었다.

1회 초.

와이번스의 선발투수는 윤정길이었다.

포수는 당연히 찬열이었다.

타석에 들어선 타자는 호리호리한 체격의 흑인이었다.

어제 사진으로 본 얼굴이었다.

'이름이 제이슨이라고 했나? 작년 시즌 51s에서 가장 많은 도루를 기록했다.'

전형적인 리드오프였다.

'사구가 많다는 건 침착하게 공을 본다는 소리다. 반면에 삼진 비율이 많다. 콘택트는 떨어진다는 소리겠지.'

손가락을 움직였다.

'포심, 바깥쪽.'

그리고 유격수인 이성훈에게 3루 쪽으로 조금 붙으란 사인을 주었다. 윤정길이 고개를 끄덕이고 투수판을 밟았다.

유격수는 아주 조금씩 3루로 움직였다.

"차앗-!"

윤정길의 손에서 공이 떠나자 이성훈이 3루 쪽으로 한 발 이동했다. 무게 중심도 여전히 3루 쪽에 두어 언제든지 반응할 수 있게 했다.

뻑-!

"스트라이크!"

제이슨은 배트를 돌리지 않았다.

공은 그대로 존을 통과했고 스트라이크에 불이 들어갔다.

'역시 리드오프의 역할을 철저하게 하는 타자다.'

미국이라고 해서 무조건 공격적으로 나오는 건 아니다.

그저 타자들의 배팅 존이 넓다 보니 공격적으로 보일 뿐이다. 그들은 철저하게 작전대로 움직인다.

또한 본인의 역할에 충실하기도 했다.

이 제이슨이란 남자는 너무 충실해서 문제였다.

찬열은 빠른 승부를 택했다.

'다시 한 번 바깥쪽.'

방금 전과 같은 사인.

윤정길은 정확히 초구와 같은 위치로 공을 뿌렸다.

뻑-!

"스트라이크!"

순식간에 투스트라이크가 만들어졌다.

제이슨이 타석에서 물러났다.

설마 이렇게까지 빠르게 승부를 걸어올 줄은 몰랐다는 듯 표정이 굳어 있었다.

그 모습을 지켜보던 이동건이 미소를 지었다.

'미국의 스트라이크존은 바깥쪽으로 넓다. 조사를 철저하게 했나 보군.'

동양인들이 메이저리그에 건너가 적응하기 어려워하는 부분이 바로 스트라이크존이다. 한국과 일본은 몸 쪽 코스에 후하게 판정을 준다. 하지만 미국은 달랐다.

몸 쪽이 매우 짜고 오히려 바깥쪽이 더 넓다.

이렇게 차이가 나다 보니 심판에 대한 불만이 쌓여 스스로 무너지는 경우도 있었다. 찬열은 무척이나 잘 리드를 하고 있었다. 마치 미국에서 뛰어본 선수처럼 말이다. 덕분에 1회를 삼자범퇴로 깔끔하게 막고 내려왔다.

구로다의 피칭은 강력했다.

아직 컨디션이 모두 올라오지 않았는지 공은 빠르지 않았다. 하지만 날카로운 제구력은 일품이었다. 특히 변화구의 꺾이는 각도가 환상적이었다. 덕분에 와이번스의 1-3번 타자는 모두 삼진으로 물러나야 했다.

2회 초.

윤정길은 또다시 삼자범퇴로 이닝을 막았다. 그리고 2회 말이 되자 찬열이 타석에 들어섰다. 그러자 지금까지 편한 자세로 경기를 관람하던 관중석의 스카우트들이 하나둘 망원경을 들었다. 그리고 한 손에는 볼펜을 들고 수첩에 무언가를 적어 내려갔다. 특히 다저스는 단장까지 관중석에서 찬열을 바라보고 있었다.

이번 경기를 직접 계획했을 정도로 단장은 정찬열이란 선수에 대해 많은 관심을 가지고 있었다.

'일본 최고의 투수를 상대로 어떤 모습을 보여줄 건가?'

최근 메이저리그에서 찬열에 대한 이름은 꾸준히 거론되고 있었다.

코리아 마케팅으로 재미를 봤던 다저스 구단 입장에서는 한국의 슈퍼스타를 영입하는 데 거칠 게 없었다.

만약 소문대로 찬열이 정말 대단한 타자라면 더욱 공격적인 행보를 가져갈 계획이었다. 그래서 구로다를 이번 경기에 투입했다. 그리고 또 한 명의 투수도 말이다.

그는 유심히 찬열의 타석을 지켜봤다.

뻑-!

"볼!"

찬열은 차분하게 2볼까지 볼카운트를 참았다.

'볼 끝이 좋다. 구속은 올라오지 않았지만 몸 상태는 어느

정도 만들었다 이건가?'

구로다 히로키에 대해서는 잘 알고 있다.

다저스를 지나 양키스를 거쳐 메이저리그 최고의 일본 투수가 되는 선수다.

'첫 시즌이다 보니 준비를 철저히 했군.'

올 시즌이 빅 리그에 첫발을 딛는 만큼 준비가 철저한 모습이었다.

'초구와 2구 모두 속구로 왔다. 그리고 오늘 경기에서는 아직까지 변화구를 던지지 않았다. 그렇다면…….'

메이저리그 시절 구로다 히로키의 주 무기는 스플리터였다.

'스플리터를 노린다.'

집중력을 끌어올렸다.

찬열의 기세가 변한 걸 느낀 구로다도 로진을 묻히고는 투수판을 밟았다.

'한국에서 최고의 타자라고 했었지.'

그 역시 찬열에 대한 소문은 익히 들었다. 그래서 단장의 부탁을 수락한 것이다. 최고와 상대해 보고 싶다.

그런 승부욕이 아직 젊은 구로다에게는 남아 있었다.

'그럼 이 공도 쳐 봐!'

촤악-!

발을 치켜들었다.

"차앗-!"

발을 내딛음과 동시에 허리를 회전시켜 있는 힘껏 공을 뿌렸다.

매우 빠른 동작이었다.

하지만 찬열의 눈에는 슬로우 비디오처럼 보였다.

그의 행동 하나하나, 그리고 공을 놓는 순간까지 눈에 들어왔다. 그립을 확인한 찬열이 발을 내디뎠다. 관중석의 스카우트들 역시 그의 동작에 집중했다. 허리의 회전이 시작되고 상체로 이어졌다. 동시에 팔이 돌아갔다.

스윙의 궤적이 조금 아래로 향했지만 마치 배트에 이끌리듯 공의 궤적이 변하며 두 개의 궤적이 하나가 되었다.

딱-!

경쾌한 소리와 함께 공이 우익수 방향으로 날아갔다.

매서운 속도다.

배트를 놓은 찬열이 무섭게 1루로 내달렸다.

전력질주였다. 1루를 막 돌아갈 때, 타구가 펜스에 부딪혀 튕겨져 나왔다.

워낙 강한 타구였기에 바운드가 불규칙했다.

덕분에 우익수는 공을 잡는 데 시간이 걸렸다.

그때 찬열이 2루를 돌았다.

"제길!"

공을 잡은 우익수가 빠르게 중계를 했다. 송구의 구속이 장난이 아니었다. 하지만 찬열의 발도 느리지 않았다. 순식간에 3루에 근접한 찬열이 몸을 날렸다.

촤아악—!

빽—!

동시에 3루수의 글러브에 공이 박혔다.

하지만 태그는 하지 못했다.

"세이프!"

"와아아아아!"

더그아웃에서 환호성이 터져 나왔다.

찬열은 옷에 묻은 흙을 툭툭 털고는 더그아웃을 향해 주먹을 쥐어 보였다. 그 모습을 바라보는 다저스 단장의 얼굴에 미소가 그려졌다.

'좋은 타구다. 타이밍, 속도, 모든 게 완벽했어. 무엇보다 구로다가 던질 공이 무엇인지 정확히 알고 노렸다.'

그렇지 않았다면 그런 스윙이 나올 수 없었다.

만약 구로다가 던진 스플리터가 아니라 다른 투수의 것이었다면 분명히 넘어갔을 것이다.

'무엇보다 놀라운 건 타구가 넘어가지 않을 거란 걸 바로 파악하고 3루까지 내달렸다는 것이다. 순간적인 판단 능력이 매우 뛰어나.'

발도 무척이나 빨랐다.

이는 스카우트 리포팅에 적혀 있지 않던 내용이다.

'역시 오늘 경기를 치르는 게 정답이었어.'

그는 벌써부터 만족스러운 미소를 지었다.

구로다는 3이닝을 던지고 마운드를 내려갔다.

찬열에게 맞았던 3루타를 제외하고는 무결점 피칭이었다.

이후 올라온 투수를 상대로 찬열은 담장을 넘기는 홈런을 때려냈다. 그의 활약은 거기서 끝이 아니었다. 수비에서도 맹활약을 했다. 특히 두 번째 투수로 올라온 김태훈과 호흡을 맞췄을 때 더욱 빛을 발했다.

퍽-!

"오~"

"안정적인데?"

원바운드가 된 공을 블로킹하는 찬열의 모습에 스카우트들이 감탄을 터뜨렸다. 이번 이닝 들어 벌써 3번째 블로킹이다. 하지만 찬열은 단 하나의 공도 뒤로 흘리지 않았다.

무엇보다 안정적이었다. 민첩한 움직임으로 공이 빠지는 걸 방지했다. 그러면서도 투수를 안정시키는 그의 여유로움이 스카우트들의 눈길을 끌었다.

'수비들도 직접 지휘를 하는 모습이다. 볼 배합도 좋아. 무엇보다 미국 심판들의 성향을 잘 알고 있어. 미국에서 뛰어본 경험은 없다고 들었는데.'

스카우트들의 공통적인 생각이었다. 찬열의 투수 리드는 수준급이었다. 특히 미국인 심판의 성향을 파악하고 완벽한 볼 배합과 프레이밍을 보여주었다.

또한 7회에 나왔던 송구는 그들을 도 한 번 놀라게 만들었다.

주자 1루, 무사에 쓰리볼인 상황.

마운드에는 다소 느린공을 던지는 이창준이 올라와 있었다. 오늘 그의 최고 구속은 130㎞ 중반이었다. 최고조의 몸 상태에서도 140㎞ 초중반을 던지기 때문에 구속이 매우 느렸다.

1루의 주자는 작년 마이너리그 도루왕을 차지한 제이슨, 달릴 게 분명했다.

"차앗-!"

이창준의 발이 홈플레이트로 향하는 순간, 제이슨이 달렸다. 매우 좋은 스타트였다.

성공할 게 분명했다. 그 순간 공을 포구한 찬열이 한쪽 무릎을 꿇으며 앉은 채 송구를 했다.

"흡-!"

쐐액-!

투수가 던진 공보다 더 빠른 속도로 공이 2루로 날아갔다.

퍼퍽-!

공을 포구한 이성훈이 바로 제이슨을 태그했다.

아슬아슬한 타이밍.

하지만 2루심은 바로 주먹을 내질렀다.

"아웃!"

"오오!"

"방금 저건 뭐야?!"

"몰리나를 보는 거 같아!"

모든 이가 감탄을 터뜨리게 만들었다.

찬열의 송구로 안정감을 찾은 이창준은 7회를 무실점으로 막고 내려왔다.

그리고 9회 초가 되었다.

승리의 추는 이미 기울었다.

와이번스가 7점, 51s가 2점을 낸 상황이다.

사람들의 관심은 이제 찬열이 마지막 타석에서 어떤 모습을 보여줄지였다.

그때 한 남자가 더그아웃에서 걸어 나왔다.

[라스베가스 51s 투수 교체, 22번 클레이튼 커쇼.]

스카우트들의 얼굴이 굳어졌다.

설마 커쇼가 오늘 경기에 나올지는 몰랐기 때문이다.

놀란 건 찬열도 마찬가지다.

'커쇼라니…….'

클레이튼 커쇼가 누군가?

21세기 최고의 투수라 평가받는 선수다.

찬열이 기억하는 2015년까지 그는 사이영상을 3번이나 수

상했다.

이것만으로도 그가 어떤 투수인지 설명이 가능했다.

'그런데 커쇼가 트리플A에서 뛰었었나?'

커쇼는 드래프트 당시부터 다저스의 유망주였다.

그렇기 때문에 타자 친화적 구장을 사용하는 트리플A에는 콜 업되지 않고 더블A에서만 경기를 뛰었다.

그런데 지금은 이곳에 있다.

'뭐가 어떻게 된 건지…….'

찬열은 깊게 생각하지 않기로 했다.

그게 중요한 게 아니었다.

지금 중요한 건 커쇼와 상대를 한다는 것이다.

'과연 지금 시기의 커쇼는 어떤 공을 던질까?'

2008년.

커쇼는 메이저리그에 데뷔한다. 하지만 대단한 활약을 펼치지는 못했다. 최고 유망주라는 이름에 걸맞지 않은 활약이랄까?

그런 커쇼가 변한 건 2010년이다.

처음으로 풀타임을 뛰고 이듬해 사이영상을 수상하게 된다. 그 뒤로는 메이저리그 최고의 투수로 군림한다.

'하지만 지금은 루키일 뿐이다.'

그를 올린 이유는 뻔했다. 자신의 실력이 과연 최고 유망주를 넘어설 수 있을까? 그걸 알고 싶은 것이다.

사실 이 자리에 있는 그 누구도 커쇼가 오늘 경기에 나올 줄은 꿈에도 몰랐다.

다저스 유망주 1위인 선수다. 메이저리그 전체 유망주 순위에서도 2위에 올랐다. 그런 선수의 루틴을 깨면서까지 출전을 시키다니?

찬열에 대한 다저스의 관심을 알 수 있는 부분이었다.

자신들로서는 좋은 일이었다.

별다른 투자를 하지 않았음에도 정보를 얻을 수 있었으니 말이다. 찬열은 커쇼의 연습 투구를 유심히 살폈다.

비시즌임을 감안했을 때 결코 나쁜 투구가 아니다. 하지만 뭔가 부족함이 느껴졌다. 무엇보다 제구력이 인상적이지 못했다. 연습 투구를 하는데도 영점이 잡히지 않는 눈치였다.

'연습이라서 그런가?'

실전에서는 다를 수도 있다. 그렇게 생각하고 타석에 들어섰다. 구심이 경기 재개를 알렸다.

"플레이!"

사인이 오가고 커쇼가 고개를 끄덕였다.

'침착하게 가자.'

커쇼도 지금은 떨릴 것이다.

미래 사이영상 수상자라 하더라도 지금은 루키에 불과하다. 찬열은 떨리는 마음을 다잡고 정신을 집중했다.

"흡-!"

커쇼는 오버핸드로 공을 던졌다. 큰 키의 장점을 살린 것이다.

초구는 포심이었다.

공이 몸 쪽을 파고들었다.

빡-!

"스트라이크!"

심판의 손이 올라갔다.

존을 벗어난 것 같았는데 걸쳤나 보다.

초구를 놓쳤다. 하지만 한 가지는 알 수 있었다.

'지금의 커쇼는 미완성이다.'

찬열의 눈이 차분해졌다.

커쇼라는 이름에 대한 중압감?

있다. 없다면 거짓말이다.

커쇼는 위대한 투수이고 세기를 지배하는 선수가 된다. 무의식중에라도 중압감이 있었을 것이다. 초구를 좋아하는 찬열이 그냥 보냈다는 게 그 증거다. 하지만 이제는 아니었다.

'메이저리그에 오르기 위해서는 어차피 싸워야 할 상대다.'

집중력을 끌어올렸다.

서서히 주변의 수비수들이 하나둘 사라졌다.

커쇼가 발을 들었다.

특유의 발동작과 함께 내디디며 팔이 돌아가자 그의 모습이 사라졌다. 허공에 떠 있는 팔, 그리고 공을 잡고 있는 그

립만이 보였다.

'슬라이더!'

커쇼의 주 무기 중 하나다.

하이스쿨 시절 퍼펙트게임을 기록할 때 주로 던졌던 공이기도 하다.

하지만 이미 알고 있다면 못 칠 공도 아니었다.

탁-!

찬열의 발이 지면에 박혔다. 그리고 회전이 시작됐다. 동시에 커쇼의 손에서 공이 떠났다.

코스는 바깥쪽.

찬열은 허리를 단단히 고정시키고 상체의 회전을 시작했다.

부앙-!

동시에 배트가 돌아갔다.

굉음과 함께 휘둘러진 배트로 공이 빨려 들어오듯 날아왔다. 둘의 궤적이 하나가 되는 순간.

딱-!

경쾌한 소리가 울려 퍼졌다.

찬열은 손맛을 느꼈다.

넘어갔다.

퍽-!

그때였다.

우익수가 펜스를 밟더니 그대로 점프했다.

그러고는 글러브로 공을 낚아챘다.

1루심이 주먹을 불끈 쥐었다.

"와……. 저걸 잡나?"

"미쳤다, 진짜."

엄청난 속도의 타구였다.

잡은 당사자조차 놀라는 눈치였다.

'흠…….'

찬열은 마운드 위의 커쇼를 힐끔 보고는 타석으로 돌아왔다.

"찬열아, 진짜 아깝다."

"넘어가는 거였는데."

"잘했다, 잘했어."

동료들의 위로를 받으며 찬열이 벤치에 앉았다.

분명 아쉽기는 했다.

커쇼를 상대로 홈런을 만들어낼 수 있었다.

하지만 결과론적으로는 잡혔다.

기록지에는 아웃이 남을 것이다.

'그러나 얻은 것도 있다.'

지금까지 찬열은 공을 일부러 띄우려는 생각을 하지 않았다. 제대로 맞은 타구의 속도는 워낙 빨랐다. KBO에서 그 속도를 캐치해 낼 선수는 한 명도 없었다.

'하지만 메이저리그는 다르다. 지금처럼 라인 드라이브성 타구를 날리면 잡히는 것들이 나올 거다.'

마이너리그 시절.

그는 외국인과의 하드웨어적인 부분에서 많은 좌절감을 느꼈다.

타고나는 부분이 달랐다.

유연성, 탄력, 근육.

모든 것이 동양인의 한계를 넘어서고 있었다.

그래서 회귀 후에도 신체의 능력을 키우는 데 열중했다.

'타격을 바꾸어야 한다.'

찬열은 다시 한 번의 변화를 생각했다.

KBO가 아닌, 메이저리그를 정벌하기 위해서 말이다.

경기는 와이번스의 승리로 끝났다.

하지만 커쇼는 마지막에 마운드에 올라 삼자범퇴로 이닝을 끝냈다. 인상적인 피칭이었다. 포심과 슬라이더, 투피치였지만 그것으로도 충분했다.

다음 날.

와이번스의 승리 소식이 한국에 전해졌다.

[인천 와이번스가 LA 다저스 산하 트리플A 팀인 라스베가스 51s와의 연습 경기에서 7 대 2로 승리를 거두었습니다. 정찬열 선수는 이번 경기에서 3안타 1홈런을 기록, 올 시즌에 대한 기대를 증폭시켰습니다. 마지막 타석에서 라스베가스51s의 마지막 투수인 클레이

든 커쇼란 신인 투수를 상대로 홈런성 타구를 날렸지만 아쉽게도 우익수의 호수비에 잡히고 말았습니다. 한편 이동건 감독은…….]

지나가는 이름으로 실린 커쇼라는 이름을 본 찬열은 실소가 나왔다.

"이런 재미도 있군."

찬열은 어제의 대결을 떠올리며 보완해야 될 부분을 생각했다.

* * *

다저스 단장은 만족스러운 미소를 지었다.

"듣던 것보다 좋은 선수였어."

그는 정찬열을 떠올렸다.

스카우트들의 평가는 그를 좋은 타자로 평가했다.

하지만 눈으로 직접 본 찬열은 좋은 지휘관이었다.

"플레이 하나하나가 화려해. 스타플레이어가 될 기질이 다분해."

지금까지 본 그 어떤 동양인 선수보다 뛰어난 자질이 있었다. 탐이 났다. 문제는 규정이었다. KBO와 MLB가 맺은 협약 때문에 몇 년을 기다려야 했다. 하지만 그러고 싶지 않았다. 어떻게든 찬열에게 푸른색 유니폼을 입히고 싶었다.

"어떻게 해야 할까……."

그는 고심에 고심을 거듭했다.

어떻게든 방법을 떠올릴 생각이었다.

* * *

와이번스 선수단이 미국을 떠났다.

캠프장은 오키나와로 변경됐다. 타 팀과의 연습 경기를 비롯해 시차 적응 등 비슷한 환경에 적응하기 위한 선택이었다. 연습 경기를 치르면서 선수들은 차례로 자리를 잡아갔다.

하지만 단 한 사람.

찬열의 타율이 극심하게 떨어졌다. 무엇보다 예전의 라인드라이브성 타구가 사라지고 높게 뜨는 공들이 많아졌다.

그 이유에 대해서는 알고 있었다.

'스윙을 기존의 레벨 스윙에서 어퍼 스윙으로 바꿨다. 그러다 보니 적응에 힘들어하고 있어.'

어째서 바꾼 건지도 알았다.

커쇼와의 대결에서 잡혔던 타구를 신경 쓰는 눈치였다.

메이저리그를 노리고 있는 찬열의 입장에서는 그런 타구가 잡혔다는 게 꽤 충격이었을 수도 있다.

문제는 찬열의 변화가 시즌에도 영향을 끼칠 수도 있었다.

'지금까지 많은 선수가 그랬다.'

갑작스러운 변화에 적응하지 못하고 성적이 곤두박질쳤다.

찬열도 그러지 말라는 법은 없었다.

하지만 말리지 않았다.

묘한 기대감이 찬열에게 조언을 하려는 그를 만류하고 있었다.

'지금까지 찬열이는 혼자서도 잘해 왔다. 언론에서는 내가 키웠다는 이야기도 하지만 그건 사실이 아니야.'

스스로 단점을 보완하고 자신이 해야 할 부분을 찾아온 찬열이다.

'녀석을 믿자.'

결론을 내린 이동건은 코치들에게도 찬열에게 별다른 소리를 하지 말라고 이야기를 했다. 그렇게 일말의 불안감을 가진 채 캠프 마지막 연습 경기가 열렸다.

와이번스의 마지막 상대는 대전 이글스였다.

투수는 류성일이었다.

2년 연속 뛰어난 활약을 펼치며 이제는 완벽한 KBO를 대표하는 투수가 된 그는 극강의 모습을 보여주었다.

찬열은 김태현과 호흡을 맞추며 이글스 타선을 막아냈다.

그리고 2회.

찬열이 첫 번째 타자로 타석에 섰다.

"흡-!"

류성일은 망설이지 않고 초구를 던졌다.

작년부터 주 무기로 사용한 체인지업이었다.
찬열의 스윙이 밑에서부터 올라왔다.
어퍼 스윙이었다.
딱—!
경쾌한 소리와 함께 공이 높게 떴다.
그리고 빠르게 날아간 공은 그대로 담장 밖으로 넘어갔다.
"오오……."
이동건은 자신도 모르게 탄성을 터뜨렸다.
그동안의 걱정을 한 번에 날려 버리는 홈런포였다.
하지만.
감탄하기에는 일렀다.
3회 초.
다시 한 번 타석에 들어선 찬열을 상대로 류성일은 3구에 포심 패스트볼을 뿌렸다.
그 순간.
후웅—!
딱—!
배트가 선이 되어 궤적을 그렸다.
'레벨 스윙!'
이번에 맞은 타구는 라인 드라이브처럼 날아가 그대로 관중석에 박혔다.
2연타석 홈런.

무엇보다 대단한 건 어퍼 스윙과 레벨 스윙을 섞어 쳤다는 것이다.

'이걸 노린 건가?'

찬열은 레벨 스윙을 버리지 않았다. 단지 또 하나의 무기를 가지고 싶었을 뿐이다. 이미 수준급에 올랐던 레벨 스윙을 두고 단기간에 어퍼 스윙에만 집중을 했다. 그 결과 어퍼 스윙도 본인의 것으로 만들어냈다.

엄청난 재능이었다.

'아니, 재능이란 말로 표현할 수는 없어.'

이동건은 알고 있었다.

그가 매일 잠을 줄여가면서 주차장에서 그리고 실내 연습장에서 배트를 돌리는 걸 말이다. 손에 물집이 잡히고 터지고 피가 흘러도 그는 멈추지 않았다.

매일같이 배트를 돌린 결과가 지금 나온 것이다.

'녀석은 또다시 진화했다.'

스스로에 만족하지 않는 선수.

그런 이는 언제나 시대를 대표하는 선수가 되었다.

'저런 선수를 데리고 있는 난 행복한 감독이다.'

이동건은 홈으로 들어오는 찬열을 향해 손을 뻗었다.

짝-!

하이파이브를 하는 손바닥이 울렸다.

* * *

'캠프 막판에야 겨우 손에 넣었다.'

숙소에 돌아온 찬열은 자신의 손을 내려다봤다. 물집이 잡힌 손. 혹사를 당한 손바닥에는 영광의 상처가 가득했다.

'고생했네.'

자신이 보더라도 어떻게 견뎠나 싶었다.

매일 밤 이천 번의 스윙. 몸이 비명을 지르고 손에서 피가 흘렀다. 하지만 참았다.

메이저리그라는 큰 꿈을 위해서 말이다.

'이제 시즌이다.'

새로운 시즌.

찬열은 새로운 무기를 가지고 다시 전쟁터에 나설 준비를 했다.

6장

전설의 시즌

인천 문학경기장.

그동안 조용했던 경기장이 오랜만에 관중들로 북적였다.

[드디어 야구의 시즌이 돌아왔습니다. 전국의 야구팬 여러분 안녕하십니까? 인천 문학구장에서 인사드립니다.]

프로야구 정규시즌이 시작됐다.

와이번스는 홈에서 부산 자이언츠를 맞이했다.

오랜만에 마스크를 쓴 찬열이 모습을 드러내자 관중석이 떠들썩해졌다.

"정찬열! 정찬열!"

사람들의 환호성을 받으며 캐처 박스에 앉은 찬열이 미트를 내밀었다.

3년 연속 개막전 선발을 맡게 된 윤정길이 와인드업을 했다.

"흡–!"

뻑–!

미트에 꽂히는 공의 느낌이 좋았다.

묵직함과 함께 볼이 살아 들어왔다.

"찬열아! 오늘도 한 방 날려라!"

"찬열 오빠 멋져요!"

등 뒤에서 팬들의 응원 소리가 들려왔다.

그제야 실감이 났다.

'이 맛에 야구를 하지.'

찬열이 다시 미트를 내밀었다.

뻐억–!

공이 미트에 박히며 경쾌한 소리를 울렸다.

두 가지 무기를 손에 넣은 찬열은 강력했다. 개막 이후 열 경기에서 홈런을 무려 7개를 수확하며 단독 1위를 달렸다.

찬열의 활약은 더 이상 놀라운 게 아니었다.

야구팬과 관계자들 역시 그가 올 시즌 어떤 성적을 남길지에 대해 주목했다. 특히 야구 관계자들은 찬열의 변한 점에 대해 많은 의견을 내놓았다.

[정찬열 선수의 폼이 바뀌었습니다. 작년에는 대부분 레벨 스윙으로 타격을 했지만 올 시즌에는 어퍼 스윙을 적절하게 이용하고 있습니다.]

[그게 무엇을 의미한다고 보십니까?]

[메이저리그를 염두에 두고 있지 않나 싶습니다.]

[메이저리그요?]

[예, 정찬열 선수의 타구 대부분은 라인 드라이브로 날아갑니다. 펜스가 전체적으로 낮은 국내야 상관없습니다만 미국의 경우는 다릅니다.]

영상이 바뀌고 펜웨이 파크가 모습을 드러냈다.

[보스턴 레드삭스의 홈구장인 펜웨이 파크입니다. 왼쪽에 보시면 초록색 벽이 세워져 있죠. 그린 몬스터라고 불리는 담장입니다. 실제로 이 담장 때문에 수많은 홈런성 타구가 안타가 되기도 합니다. 만약 지금처럼 정찬열 선수가 이런 라인 드라이브 타구를 날린다면 그린 몬스터에 의해 안타가 되고 말 겁니다.]

[메이저리그에는 이렇게 높은 담장을 가진 경기장이 많나요?]

[많지는 않습니다. 하지만 마이너스가 될 부분을 미연에 고치는 거죠. 정찬열 선수의 변화는 여기가 끝이 아닙니다.]

[또 뭐가 있죠?]

또다시 화면이 바뀌었다.

이번에는 마스크를 쓴 찬열이 나왔다.

[자, 여기에 보시면 정찬열 선수의 사인이 조금 깁니다.]

[그렇군요. 그런데 투수가 고개를 끄덕인 뒤에도 사인을 내고 있네요?]

[수비들의 위치를 수정하는 겁니다.]

[위치 수정을 포수가 직접 한다고요?]

[네, 이례적인 일입니다. 하지만 매우 효율적이라 할 수 있습니다. 정찬열 선수는 데뷔 때부터 대부분의 볼 배합을 스스로 해왔습니다.]

[잘 알려진 사실이죠.]

[투수의 공의 코스, 구종을 안다면 타구의 방향을 예측할 수 있습니다. 간단히 예를 들어, 몸 쪽 공을 던지면 당겨 치기 용이하기 때문에 우타자 기준 3루 방향으로 타구가 많이 가겠죠?]

[아~ 정찬열 선수는 그때마다 수비들에게 그 사실을 알려주는 거군요?]

[그렇습니다. 이런 부분 때문에 최근 와이번스의 호수비가 많아지고 있습니다.]

해설자의 말대로 와이번스는 최근 기세는 무서웠다.

3월 전승을 거두며 리그 1위에 이름을 올린 것이다.

투타, 그리고 수비까지 안정감을 갖추면서 리그 최강의 팀이 되었다.

찬열의 활약.

하지만 모든 야구팬이 좋아하는 건 아니었다.

와이번스가 아닌 타 팀 팬의 입장에서 찬열은 눈엣가시였다. 너무나 뛰어난 모습에 그에 대한 음해도 심심치 않게 있었다.

—정찬열, 도핑한 거 같지 않음?

—떡대가 동양인 몸이 아님. 약 빨았을 거임.

—어떻게 치면 다 홈런이야?

특히 약물 관련 의혹이 가장 심했다.

하지만 때마침 KBO에서 도핑 관련 발표를 했다.

[시즌 개막 이후 진행한 1차 도핑 테스트는 200명 전원, 음성이 나왔음을 알려드립니다.]

이 도핑 테스트에는 정찬열도 포함이 됐다는 게 알려졌다.

그로 인해 약물 의혹은 일단락됐다.

하지만 여전히 와이번스가 1위를 질주하며 다른 쪽에서 불편한 시선을 보냈다.

바로 각 구단의 고위 관계자들이었다.

"곤란하군."

한국의 프로야구 구단은 모 그룹의 홍보를 위해 만들어진 경우가 많다.

홍보를 하기 위해서는 성적을 내야 한다.

그런데 찬열의 괴물 같은 활약에 다른 팀이 묻히는 사태가 일어났다.

예상치 못한 일이다.

"어떻게든 처리를 해야 되는데……."

고위 관계자라고 해도 어차피 그들은 계약직이다. 모 그룹의 임원들이기 때문에 1년 단위의 계약을 맺는다. 실적이 좋지 않다고 내쫓기는 일이야 없겠지만 좋을 일은 없었다. 그러다 보니 찬열에 대한 고민이 깊어질 수밖에 없었다.

* * *

딱—!

경쾌한 소리와 함께 타구가 날아갔다.

밑에서부터 쳐올린 탓에 높게 떠오른 타구를 쫓느라 관중들의 목이 빠질 기세였다.

가운데 담장을 넘어가는 공에 투수가 고개를 떨어뜨렸다.

[또 터졌습니다! 오늘 경기 멀티 홈런을 기록하는 정찬열! 전반기 마지막 경기에 시즌 30호 홈런을 기록합니다!]

"나이스!"

"잘했다! 잘했어!"

동료들과 하이파이브를 하며 더그아웃에 돌아온 찬열은 벤치에 앉아 음료를 마셨다.

언제나 느끼는 거지만 홈런을 치고 마시는 음료수의 맛은 최고였다.

"후우-!"

깊은 한숨을 내쉬고 그라운드를 바라봤다.

'몸이 스윙을 기억하기 시작했다.'

찬열은 이번 시즌 들어 스윙에 많은 공을 들이고 있었다.

언론에 알려진 것처럼 레벨 스윙과 어퍼 스윙을 구분해서 사용했다.

레벨 스윙은 직선형 구종, 그러니까 패스트볼 계열이나 횡으로 변하는 구종에 적합했다.

어퍼 스윙은 떨어지는 구종, 커브나 포크볼, 스플리터 같은 구종에 안성맞춤이었다.

문제는 머리로 구종을 생각하고 휘두르면 타이밍이 조금씩 늦다는 것이었다.

시즌 초반, 이로 인해 찬열의 뜬공 비율이 높았다.

하지만 그것도 잠시.

올스타 브레이크를 앞둔 시점에서 찬열의 몸은 두 스윙을 기억했다. 방금 전 타석에서 그랬다. 공이 밑으로 떨어지는 순간, 몸이 먼저 반응했다.

어퍼 스윙이 나온 것이다.

'하지만 아직 완벽하지는 않아.'

찬열은 만족이란 걸 몰랐다.

최고의 위치에 올랐지만 그는 스스로를 채찍질했다.

회귀 전, 그리고 후에도 그에게는 한 가지 목표가 있었다.

메이저리그.

야구가 시작된 그곳에 서고 싶었다. 그래서 국내의 수많은 러브콜을 거절하고 미국에 갔던 것이다.

이후 또 한 번의 기회가 찾아왔을 때, 국내를 선택했던 것 역시 메이저리그를 위해서였다.

그는 여전히 그 목표를 잊지 않고 있었다.

* * *

이진구 단장은 최근 묘한 기분이었다.

소속팀 선수의 압도적인 활약에 기뻐해야 될 게 분명했다.

그 부분은 의심의 여지가 없었다.

하지만 외부로 눈을 돌리면 조금 이야기가 달라진다.

'또 해외 진출 이야기군.'

최근 야구 커뮤니티 사이트에는 매일같이 찬열의 해외 진출에 관한 이야기가 나오고 있었다.

특히 찬열의 경기에 매일같이 메이저리그 관계자들이 찾

아오면서 해외 진출에 관한 이야기는 더욱 많이 나왔다.

와이번스 구단이 대승적인 차원에서 찬열을 놔줘야 된다는 이야기도 심심치 않게 보였다.

말은 쉽다.

하지만 구단 경영진의 입장에서는 쉽게 선택할 문제가 아니었다.

'찬열은 구단의 최고 스타플레이어다. 쉽게 보내줄 수는 없어.'

규정상 그를 해외에 보낼 방법이 없는 게 아니다.

하지만 손해를 보면서까지 최고의 선수를 해외에 보내고 싶지 않았다.

'정찬열이가 미국에서 뛴다라…….'

그 역시 단장이기 이전에 한 명의 야구팬이었다.

한국 선수가 메이저리그를 호령하는 모습을 보고 싶은 마음이 없는 건 아니었다.

머리가 복잡해지자 이진구는 한숨을 내쉬며 TV를 틀었다.

딱-!

[와아아아-!]

[올스타전 홈런왕이 결정되었습니다! 주인공은 정찬열 선수! 무려 20개의 홈런을 기록하며 홈런왕에 등극합니다!]

"에휴……."

근심이 깊어지는 이진구였다.

* * *

원래 프로야구에는 한 번의 브레이크가 있었다.

바로 올스타 브레이크다.

하지만 올해는 달랐다.

KBO는 올스타전을 앞두고 먼저 브레이크를 선언했다.

기간은 한 달.

이유는 바로 베이징 올림픽 본선 때문이었다.

당당히 대표팀에 합류한 찬열은 마스크를 쓰고 평가전에 참가했다.

네덜란드, 그리고 쿠바와의 평가전에서 찬열은 대활약을 이어갔다.

평가전이 끝난 뒤 대표팀은 중국으로 출국했다.

"찬열아, 들었냐?"

류성일의 질문에 찬열이 그를 쳐다봤다.

"일본이 이번 올림픽에서 무조건 금메달을 획득할 거라고 공언했다던데?"

"진짜?"

뒤에 있던 한승현이 고개를 불쑥 내밀었다.

"정말이래. 본선에도 직행하지 못했으면서 무슨 자신감인지."

아시아의 맹주 일본의 자신감은 하늘을 찔렀다.

이유는 이번 올림픽을 끝으로 야구가 정식 종목에서 제외가 되기 때문이다.

그들의 입장에서는 반드시 금메달을 획득해야 될 이유였다. 하지만 찬열은 이번 대회의 결과를 알고 있었다.

'전승으로 한국이 금메달을 획득한다.'

문제는 자신으로 인해 역사가 바뀔 수도 있다는 점이다.

야구란 스포츠는 아주 작은 부분에서도 승패가 갈린다.

회귀 전 금메달 획득 과정이 그리 순탄치 않았다는 것도 큰 이유 중 하나였다.

'거의 모든 경기가 극적인 승부를 연출했다. 그래서 사람들의 뇌리에 더 남은 거긴 하지만.'

그러나 지금은 달랐다.

당시 부진했던 한승현은 이미 부상을 완치했다.

아마 회귀 전과 같은 부진은 없을 것이다.

류성일 역시 한승현과 라이벌 관계를 유지하면서 오히려 더 좋은 성적을 내고 있었다.

'금메달이라…….'

한편으로는 걱정이, 그리고 또 다른 한편으로는 기대를 가지면서 찬열은 올림픽이 열리는 베이징으로 향했다.

* * *

올림픽에 출전한 국가는 한국을 포함한 8개국이었다.

“우리의 첫 상대는 미국이다. 메이저리그 선수는 없지만 그래도 만만히 볼 수 있는 전력은 아니다.”

대표팀 감독을 맡은 김경석의 말에 찬열도 고개를 끄덕였다.

트리플A의 선수도 많았지만 무엇보다 스티븐 스트라스버그가 포함되어 있었다.

‘09년 전체 드래프트 1번으로 뽑히지.’

그 외에 트리플A에서 익숙했던 이름들이 보였다.

“내일 경기 선발은 석훈이가 나간다.”

“예.”

윤석훈.

한승현과 함께 광주 타이거즈의 원투펀치다.

미래, 메이저리그에 도전했다가 실패하지만 현시점에서는 국내 최고의 투수라 할 수 있었다.

“그리고 마스크는 찬열이가 쓴다.”

“예.”

찬열이 고개를 끄덕였다.

김경석은 아시아 지역 예선에서 찬열의 실력을 직접 눈으로 확인했었다. 그랬기에 베테랑이 아닌 찬열을 선발로 내정했다. 이후 내야와 외야수들이 결정됐다.

하나같이 KBO를 대표하는 선수들이었다.

"우리의 목표는 금메달이다. 반드시 목에 걸고 돌아가자."

"예!"

베이징 올림픽의 시작이었다.

다음 날.

한국과 미국의 경기가 열렸다.

미국의 선발 브랜든 나이트는 1회를 삼자범퇴로 가볍게 막았다.

하지만 2회.

선두타자인 찬열을 상대로 던진 2번째 공을 던졌을 때.

딱─!

찬열의 배트가 벼락같이 돌아갔다.

[아~ 이건 넘어가쓰요! 완전히 가쓰요!]

해설위원인 허구일의 말대로 타구는 돌아오지 않았다.

관중석에 앉아 있던 메이저리그 관계자들 역시 고개를 절레절레 저었다.

"미국 팀이 처음부터 버거운 상대를 만났군."

"어서 우리 팀에 데려오고 싶은 선수야."

메이저리그 스카우트들 모두 같은 생각이었다.

찬열을 데려오고 싶다.

저 선수가 팀 유니폼을 입고 메이저리그 그라운드를 도는 모습을 보고 싶다.

욕망에 휩싸인 눈으로 찬열을 유심히 관찰했다.

* * *

[베이징 올림픽 예선전에 참가 중인 야구 대표팀이 연승 행진을 달리고 있습니다. 특히 정찬열 선수의 활약이 눈에 띕니다. 매 경기 홈런포를 가동 중인 정찬열 선수는 내일 경기에서도 마스크를 쓸 것으로 보입니다. 한편 미국, 중국, 캐나다를 상대로 완승을 거둔 대표팀은 내일 숙적 일본과 일전을 벌일 예정입니다.]

일본의 대표팀의 면면은 화려했다.

미래 텍사스 레인저스의 에이스 역할을 하게 될 다르빗슈 유.

1억 5,000만 달러의 사나이 다나카 마사히로.

일본 최고의 마무리 후지카와를 포함해 그 외에도 최고의 선수들로 꾸려졌다.

'이 멤버를 이긴단 말이지.'

벌써부터 가슴이 두근거렸다.

한국의 선발은 미국을 상대로 승리를 챙겼던 윤석훈이 올라왔다.

"흡-!"

쐐액-!

포심의 궤적을 그리며 공이 날아들었다.

일본 대표팀 오가사와의 배트가 돌아갔다.

그 순간 궤적이 변했다.

홈플레이트 앞에서 시작된 변화에 오가사와의 배트가 따라가지 못했다.

후웅—!

뻑—!

"스트라이크! 아웃!"

[삼구삼진입니다! 윤석훈 선수! 최고의 컨디션을 보여주며 1회 일본 대표팀 세 타자를 모두 삼진으로 돌려세웁니다!]

[아~ 최고예요! 선풍기가 따로 없쓰요!]

"나이스 피칭입니다!"

"고맙다."

툭—!

찬열과 윤석훈이 글러브를 맞댔다.

벤치에 돌아온 윤석훈은 장비를 벗는 찬열을 빤히 바라봤다.

'대단한 놈이네.'

사실 윤석훈은 찬열을 썩 좋아하지 않았다.

찬열을 상대로 홈런을 많이 맞았기 때문이다.

그런데 대표팀이 된 이후에는 그를 좋아할 수밖에 없었다.

싹싹한 성격은 아니었지만 자신의 말을 잘 들어주고 고집을 세우지 않았다.

무엇보다 자신의 생각을 읽기라도 하는 듯 리드를 해주는 모습에는 감탄할 수밖에 없었다.

미국전의 호투, 그리고 오늘도. 찬열이 던지라는 곳에 던졌고 모두 완벽한 결과로 이어졌다.

딱-!

"와아!"

그라운드에서 울려 퍼지는 함성 소리.

윤석훈의 시선이 1루 베이스를 밟고 있는 박대수에게 향했다. 그리고 타석에 찬열이 들어섰다.

'질 것 같지 않아.'

일본과의 경기는 언제나 긴장감의 연속이었다.

나라를 대표한다는 것.

그리고 역사적 악연으로 묶인 일본과의 승부는 선수, 국민, 모두에게 특별함을 주었다. 그래서 언제나 일본전에 국민의 시선이 집중됐다.

어떤 종목이든 말이다.

그런 관심에 선수들은 평소보다 더 큰 긴장을 가지고 경기를 치렀다. 한데 오늘은 아니었다.

찬열의 등을 바라보는 윤석훈은 마음이 평온했다.

떨리지 않았다.

어째서?

그때 찬열이 초구를 노리고 배트를 돌렸다.

특유의 타격 폼과 함께 큰 궤적을 그리며 돌아가는 배트에 모든 이의 시선이 집중됐다.

딱-!

경쾌한 소리가 그라운드를 울렸다. 높게 떠오르는 공을 바라보던 찬열이 배트를 손에서 놓았다.

툭-!

배트의 헤드가 땅에 떨어지는 순간, 찬열이 더그아웃을 향해 주먹을 치켜들었다.

[정찬열 선수! 초구부터 호쾌한 타격!]

[가쓰요! 이건 넘어가쓰요!]

[경기장을 넘겨 버리는 초대형 홈런이 터집니다!]

[아~ 이건 독도까지 가쓰요. 일본이 다케시마라 우기는 독도를 넘겨쓰요! 대마도까지 갔네요. 대마도까지!]

"와아아아아-!"

응원석에서 태극기가 펄럭였다. 3루심의 팔이 힘차게 돌아갔다.

'괴물 같은 놈.'

윤석훈이 보기에 찬열은 괴물이었다.

적이었을 때는 그렇게 꼴 보기 싫던 녀석이다.

그런데 같은 편이 되자.

'이렇게 든든할 수가 없네.'

그는 자리에서 일어나 홈을 밟고 더그아웃으로 돌아오는

찬열과 하이파이브를 했다.

짝-!

"나이스 홈런!"

회귀 전, 경험했던 박빙의 승부는 없었다.

정찬열, 류성일, 한승현.

일명 괴물 87라인이라 불리는 세 사람의 활약은 대단했다.

회귀 전.

한승현은 부상을 입은 몸으로도 공을 던졌다.

어깨가 불편한 상황에서도 팀을 위해, 나라를 위해 공을 뿌렸다. 하지만 이번에는 아니었다.

완벽한 몸 상태로 세계를 상대로 자신의 가치를 당당히 증명했다. 올림픽에 모인 수많은 스카우트의 눈을 사로잡았다.

류성일도 대단한 활약을 선보였다.

하지만 가장 눈에 띄는 건 단연 정찬열이었다.

9경기에서 총 10개의 홈런을 때려냈다.

때리면 담장을 넘어갔다.

2차전에서 일본은 찬열과 승부를 피했다.

문제는 그의 뒤에 원조 홈런왕 이승택이 지키고 있다는 것이었다. 이번 대회에서 컨디션이 썩 좋지 않은 이승택이다. 게다가 일본 선수들에게 익숙하기도 했다. 어찌 보면 당연한 선택이었다.

하지만.

딱-!

[커요! 이건 커요!]

[담장을 향해 날아가는 타구!]

[넘어가쓰요! 가쓰요!]

이승택은 그동안의 부진을 씻어 내리는 홈런으로 일본의 실낱같던 희망까지 끊어버렸다.

2전 전승.

일본을 누르는 대표팀의 활약에 국민들은 열광했다.

국민의 열화와 같은 성화를 등에 업고 대표팀은 결승전에서 쿠바를 누르고 금메달을 목에 걸었다.

* * *

찬열은 진열장을 올려다봤다.

이사를 올 때 아버지가 맞춤으로 제작해 주신 놈이다.

"처음에는 언제 채우나 했는데……."

어느새 진열장에는 상패와 트로피, 그리고 골든글러브 등.

온갖 상으로 자리를 채워가기 시작했다.

거기에 또 하나의 물건이 놓였다.

베이징 올림픽 금메달이었다.

과거에는 가지고 싶다는 꿈조차 꿀 수 없었던 물건들이 하나둘 진열장을 채우고 있었다.

뿌듯한 미소를 지으며 그것들을 바라보고 있을 때.

딩동-!

벨소리에 바로 문을 열었다.

올 사람은 정해져 있었다.

문이 열리고 아버지와 어머니가 보였다.

"아들~"

어머니가 양팔을 벌리며 안겨 왔다.

가볍게 어머니와 포옹을 하는 찬열을 지나쳐 아버지가 진열장으로 다가갔다.

"오……. 이게 금메달이구나!"

아버지의 시선은 바로 금메달로 향했다.

"만져 봐도 되냐?"

아들을 바라보는 아버지의 눈이 초롱초롱 빛나셨다.

마치 삼촌의 장난감을 탐내는 조카 같은 모습이었다.

회귀 전에는 근엄하기만 했던 아버지, 미국에서는 아들의 약한 모습에 노심초사하던 아버지는 더 이상 없었다.

언제나 아들을 자랑스러워하고 자신감이 넘치는 아버지만 계셨다.

"당연하죠."

아버지가 흥분한 얼굴로 금메달을 이리저리 만져 보셨다.

곧 어머니도 아버지의 옆에 붙어 금메달을 관찰했다.

모든 게 완벽했다.

화목한 가정, 전 국민이 알 정도의 인지도, 실력, 돈.

하지만 찬열의 마음속에는 채워지지 않는 갈증이 있었다.

'아직 이루지 못했다.'

야구를 시작하게 된 이유.

언제나 가슴속에 품고 있던 꿈을 말이다.

* * *

뜨거웠던 여름이 지났다.

선선한 바람이 불어오는 가을이 됐다.

문학구장.

현재 전국에서 가장 야구 열기가 뜨거운 곳이다.

이유는 바로 이 선수 때문이었다.

[정찬열 선수, 타석에 들어섭니다!]

"정찬열! 정찬열! 정찬열!"

[문학구장이 흔들릴 정도로 엄청난 인기입니다!]

[시즌 종료까지 7경기를 남겨둔 상황에서 59홈런을 기록 중인 정찬열선수, 2년 연속 60홈런이란 대기록이 확실해 보이는데요.]

[맞습니다. 사실 60홈런은 기정사실이고 이제 스스로의 기록을 어디까지 갱신을 할 것이냐? 그것이 관건입니다.]

올림픽이 끝났음에도 찬열의 배트는 식지 않았다.

아니, 오히려 브레이크 이전보다 더 좋은 활약을 펼치며 모든 팀의 경계 대상 1호가 됐다.

문제는 경계를 해도 그를 피할 수 없다는 것이다.

찬열은 올 시즌 볼넷만 130개를 얻었다.

이전 한 시즌 최다 볼넷은 최고의 외인 타자로 불리던 펠릭스 호세가 2001년에 기록한 127개였다.

즉, 타 팀들도 찬열과 정면승부보다는 피하는 승부를 했다는 것이다.

하지만 찬열은 조급해하지 않았다.

첫 번째 시즌에 이미 호되게 당했었던 찬열이다.

두 번의 실수를 하지 않기 위해 평정심을 최대한 유지했다.

물론 어려울 때도 있었다.

그럴 때면 정은지에게 배웠던 명상으로 평정심을 찾으려 노력했다.

처음에는 반신반의했었다. 명상으로 마음의 평온을 느낀다니 말이다. 하지만 지금은 아니었다.

조급함이 생길 때마다 명상을 통해 마음의 안정을 찾았다.

이런 효과를 반복해서 느끼니 찬열은 매일 아침 명상으로 하루를 시작했다.

덕분에 기복이 없는 활약을 이어갈 수 있었다.

무엇보다 부상이 없다는 게 가장 기뻤다.

마이너리그 시절에는 하루라도 빨리 성공을 해야 한다는 마음이 컸다. 그래서 무리한 플레이를 했다.

혹사를 당했던 몸은 결국 비명을 질렀다. 하지만 찬열은 성공을 손에 쥐기 위한 욕심에 무리를 했다.

그 결과.

찬열은 고교시절의 포텐을 터뜨리지 못했다.

강인했던 그의 육체는 허약해졌다.

그러나 지금은 아니었다.

그의 잠재력이 폭발했고 육체는 끊임없는 단련과 휴식으로 더욱 강인해지고 있었다.

자신이 어째서 회귀를 했는지 모른다.

누군가가 회귀를 할 수 있게 해주었는지도 모른다.

만약 누군가가 자신을 과거로 보내준 것이라면.

꼭 이 말을 해주고 싶었다.

'감사합니다.'

찬열은 타석에 섰다.

"정찬열! 정찬열! 정찬열!"

그의 머리 위로 관중들의 열화와 같은 응원이 쏟아졌다.

관중석에는 찬열의 이름이 새겨진 플래카드가 여기저기 눈에 띄었다. 찬열의 활약으로 와이번스는 국내 최고의 인기 구단으로 발돋움했다.

그때 투수가 와인드업을 했다.

[3구, 던집니다!]

부드러운 폼과 함께 팔을 돌리는 투수의 모습이 찬열의 시야에서 사라졌다.

집중력을 극도로 끌어올린 그의 눈에는 야구공이 회전하는 게 보였다.

'포심!'

구종을 파악한 찬열이 발을 내디뎠다.

기둥을 세운 찬열은 하체와 엉덩이의 근육을 회전시켰다.

그사이 빠르게 날아온 공이 그의 히팅 포인트에 들어오고 있었다.

그 순간.

찬열은 마치 봉인을 풀기라도 하듯 상체를 회전시켰다.

부아앙-!

굉음과 함께 배트가 대기를 찢었다.

따악-!

경쾌한 소리가 그라운드를 울렸다.

팔로우 스윙을 끝내는 찬열의 눈에 좌익수 방면으로 날아가는 타구가 보였다.

[넘어갔습니다!! 정찬열 선수 동양인 최초로 2년 연속 60홈런이란 대기록을 세웁니다!]

찬열이 천천히 1루로 뛰어갔다.

그의 눈에 주루 코치가 손을 내미는 게 보였다.

[정말 대단한 선수입니다. 데뷔 이후 3년 동안 정말 대단한 기록을 한국 역사에 남기고 있습니다. KBO 역사상 최고의 타자라고 해도 과언이 아니에요!]

찬열은 손을 뻗어 주루 코치의 손을 마주쳤다.

짝─!

그 어느 때보다 야구가 즐거웠다.

* * *

KBO 단장 회의가 열렸다.

시즌 중에 열리는 회의는 이례적이었다.

이진구 단장은 의아한 마음을 가진 채 회의실에 들어섰다.

회의실에는 다른 구단 단장들이 자리하고 있었다.

"다들 일찍 오셨구려."

이진구 단장이 살갑게 인사를 했다.

최근 팀의 인기와 성적이 모두 오르면서 회사 내의 입지가 탄탄해졌다. 고민이 없는 건 아니었지만 최소한 얼굴을 구길 일은 없었다.

그런데 다른 단장들의 반응이 이상했다.

평소에는 대꾸를 해줬을 인사에도 누구 하나 반응이 없었다. 시즌 막판이니 하위권 팀들이야 그럴 수도 있겠다라는 생각이 들었다.

하지만 상위권 팀들까지도 저런 모습이니 당혹스러웠다.

무안한 마음을 가진 채 자리에 앉자 곧 KBO 총재가 회의실로 들어왔다. 다소 굳어 있는 총재의 표정에 심상치 않은 일임을 직감했다.

자리에 앉자 총재가 바로 본론을 꺼냈다.

"다들 바쁘실 테니 바로 본론으로 들어가겠습니다. MLB 사무국에서 또다시 공문이 왔습니다. 포스팅 제도를 수정하자는 내용입니다."

총재가 준비했던 서류를 옆으로 넘겼다.

같은 내용의 여러 장의 서류였기에 곧 모든 단장이 나누어 가졌다.

안에 내용은 지난번과 같았다.

이진구 단장이 바로 물었다.

"이미 거절하기로 하지 않았습니까?"

"문제는 MLB 사무국이 강경하게 나오고 있습니다. 시즌 중에도 끊임없이 요청을 해오고 있습니다."

"이렇게 주먹구구식으로 일처리를……."

"나쁘지 않을 거 같습니다."

이진구 단장의 말이 채 끝나기도 전에 누군가 찬성 의견을 내놓았다.

아니, 한 명이 아니었다.

"확실히 최근에 MLB 사무국과 일본 야구 기구가 접촉을 하고 있다는 소문도 들리더군요.”

“소문이 아니라 이미 규정을 바꾸기로 약속했다 하더군요.”

“허! 이번에도 우리가 일본보다 늦게 한단 말입니까?”

“그럴 순 없죠. 하루라도 빨리 MLB 사무국과 이야기를 해서 규정을 손보도록 합시다.”

‘이게 무슨…….’

1년도 되지 않았다.

모든 이가 반대를 했던 사안이다.

그런데 갑자기 모든 이가 입에 거품을 물고 찬성을 하고 있었다.

‘정찬열 때문이군.’

이진구에게 있어 정찬열은 눈에 넣어도 아프지 않을 선수다. 하지만 타 팀 입장에서는 눈엣가시나 다름없었다.

그러니 담합해서 포스팅 제도를 손볼 생각인 것이다.

‘사전에 이미 이야기가 끝났겠군.’

바보 같았다.

이런 일이 생길 거란 걸 미연에 알고 대처를 했어야 한다.

발등에 불이 떨어지고 나서야 후회하는 꼴이라니.

그때 총재가 불이 붙은 회의장을 진정시켰다.

“자자, 모두 너무 성급하게 생각하지 맙시다. 오늘은 일단 각 구단의 입장을 듣기 위한 자리였습니다. 더 이상 들을 필요도 없을 거 같으니 이만 일어나도록 하지요.”

총재가 저렇게까지 말하니 단장들은 하나둘 일어났다.
다들 편안한 표정이었다.
하지만 이진구 단장만은 평소보다 무거운 얼굴로 회의실을 나서야 했다.
그때 총재가 이진구를 불러 세웠다.
"이 단장님은 잠깐 따로 이야기 좀 하시죠."
"예."
이진구가 회의실의 문을 닫았다. 사무실로 돌아온 이진구의 얼굴에 수심이 가득했다. 이유야 하나였다.
포스팅 제도의 개편.
수정을 한다고 해서 당장 찬열을 메이저리그로 보내거나 해야 되는 건 아니다.
엄연히 포스팅이란 건 구단의 권리다.
선수는 요청할 수 있는 것이고 말이다.
무엇보다 찬열은 지금까지 메이저리그에 관해 단 한 번도 언급한 적이 없었다.
문제는 대중이다.
찬열은 더 이상 와이번스에 국한된 인기 선수가 아니었다.
전국구스타였고 그가 가는 곳이면 홈이든 아니든 모든 경기장이 마비가 될 정도로 큰 인기를 누렸다.
국제대회가 끝난 뒤에는 인기가 더욱 높아졌다.
언론은 자연스레 그를 타깃으로 삼았다.

이슈를 만들기 쉬운 건 역시 해외 진출이었다.

하루가 다르게 언론에서는 그의 해외 진출에 관한 기사를 써냈다.

단장의 입장에서는 불편한 기사들이었다. 하지만 사람들은 열광했다. 몇몇 이는 포스팅을 개정해서라도 찬열을 메이저로 보내야 된다는 이야기를 하고 있었다. 관계자가 아닌 사람의 말은 언제나 쉬웠다. 하지만 실무자인 단장의 입장에서는 난감한 의견들이었다. 그래서 무시했다.

언제처럼 사람들의 관심이 가라앉길 말이다.

"그런데 이번에는 단장들까지 나섰다 말이지."

머리가 아파졌다.

똑똑—!

"단장님, 김 차장입니다."

"들어오게."

문이 열리고 김준태가 들어왔다. 단장의 안색이 나쁜 걸 본 김준태가 멈칫했지만 이내 소파에 앉았다.

"무슨 걱정이라도 있으십니까?"

"사실 오늘……."

이진구의 설명을 모두 들은 김준태의 얼굴이 굳어졌다.

"염려했던 일이 벌어지는군요."

"그게 무슨 소린가? 자네는 예상을 했던 건가?"

"가능성은 있을 거라고 생각했습니다. 일본의 스즈키 이치로 선수의 케이스도 있으니까요."

스즈키 이치로.

메이저리그에서 역사를 만들어가고 있는 일본인 외야수다.

찬열과 비슷한 길을 갔던 그의 구단인 오릭스는 당시 이치로의 연봉을 감당할 수 없어 꾀를 냈다.

그것이 포스팅 제도다.

이전에도 일본과 미국에는 선수이적협약이란 시스템이 존재했다. 하지만 마찰이 계속해서 일어나자 1998년 선수이적협약을 뜯어고치면서 탄생한 게 지금의 포스팅 제도이다.

그리고 당시 천재 타자였던 스즈키 이치로는 1,300만 달러라는 거액의 이적료를 받으며 메이저리그에 진출했다.

"지금의 상황과 조금 다르긴 합니다만 한 가지 공통점이 있습니다."

"공통점?"

"바로 두 사람 모두 자국 리그를 뛰어넘은 선수들이란 거죠."

현재 찬열은 KBO의 역사를 새로 쓰고 있었다. KBO가 만들어진 지 30년이란 세월이 흘렀지만 그동안 찬열과 같은 성적을 낸 선수는 단 한 명도 없었다.

이치로 역시 마찬가지다.

그 역시 일본에서 활약하던 시절 역사를 새로 작성했다.

"자네 생각은 어떤가?"

"보내야 한다고 생각합니다."

"음……."

원하던 대답이 아니다.

이진구의 불편한 마음을 읽었는지 김준태가 말을 이었다.

"물론 당장 보내자는 건 아닙니다."

"그럼?"

"2년 정도의 기간을 벌고 보내는 건 어떻습니까?"

"2년이라…… 하지만 단장들은 당장 보내자고 하는데, 어떻게?"

"다른 구단과 손을 잡으십시오."

"자네가 몰라서 하는 소리야. 다른 놈들이 모두 입을 맞췄어."

"아뇨. 단장님이 나서서 이야기를 진행하면 넘어올 구단이 있습니다."

"넘어올 구단?"

"타이거즈와 이글스입니다."

"아!"

이진구의 머리가 번뜩였다.

* * *

월요일.

일주일 중 6일을 야구하는 선수들에게는 꿀맛 같은 휴식을 보내는 날이다.

찬열도 집에서 시간을 보냈다.

오랜만에 늦잠도 잘까 했지만 버릇이란 게 무서웠다.

12시가 되자 눈이 떠졌다.

게으름을 피울까 했지만 이내 자리에서 일어나 피트니스 센터에 나갔다.

낮이라서 그런가 사람이 적었다.

몇몇 사람이 사인을 요청하자 사인을 해주고는 운동을 시작했다. 가볍게 러닝으로 몸을 풀고 웨이트트레이닝까지 끝내자 2시가 되어 있었다.

"후우-!"

음료수를 마시며 한숨을 내쉬는 순간.

전화가 울렸다.

발신인은 김영재였다.

집에 돌아온 찬열은 옷을 갈아입고 지하주차장으로 향했다.

거기에는 한 대의 레인지로버 차량이 세워져 있었다.

전반기에 마련한 녀석이다. 가족들과 여행을 갈 거라 생각하고 SUV로 마련했다. 마음 같아서는 스포츠카도 욕심이 났지만 아직은 아니라 판단했다.

차에 오른 찬열은 약속 장소로 향했다.

그가 도착한 곳은 예전에 김영재와 함께 온 적이 있는 한 정식집이었다. 미리 예약이 되어 있었기에 직원의 안내를 받아 별도의 룸에 도착했다.

드륵-!

문이 열리고 김영재가 보였다.

"오! 어서 와라."

"많이 기다리셨어요?"

"아니, 방금 왔다. 아직 식전이니 일단 밥부터 먹자."

"네."

김영재가 직원에게 이야기하니 곧 상이 차려졌다.

푸짐한 한상이다. 둘이 먹기에는 많은 양이라는 생각이 들었다. 하지만 찬열은 순식간에 반찬을 비워 나갔다.

김영재의 식사가 끝난 뒤에도 찬열은 한참 동안이나 밥그릇을 비워갔다.

"어흐-! 잘 먹었습니다."

냉수를 들이켠 찬열이 부풀어진 배를 두드리며 말했다.

"언제 보더라도 참 놀라운 식욕이야. 이 많은 걸 다 먹다니 말이야."

"하하."

식사가 끝나자 직원들이 들어와 상을 내어가고 다과상이 차려졌다. 따뜻한 차를 한 모금 들이켜자 김영재가 본론을 꺼냈다.

"오늘 이렇게 만나자고 한 이유는 최근 사무실로 걸려오는 전화 때문이다."

"전화요?"

"음, 미국과 해외의 에이전트 회사들에서 연락이 오고 있다. 업무 협약을 맺고 같이 일을 해보자는데 사실 그들의 목적은 하나다."

찬열의 표정이 무거워졌다.

"저군요."

"그래."

국내만이 아니라 국외에서도 찬열에 대한 관심은 급증하고 있었다.

메이저리그는 아예 한국에 직원을 상주시키고 있었다.

2010년대에 접어들어서야 할 일을 벌써부터 하기 시작한 것이다. 그 이유는 당연히 찬열 때문이다.

일각에서는 그의 생활에 대해서 조사를 하고 있다는 소문도 들렸다. 실제로 인천 각지에서 외국인들이 찬열에 대해 물어봤다는 글들이 인터넷에 올라오기도 했다. 하지만 에이전시가 벌써 움직인다는 건 이해가 되지 않았다.

"포스팅을 하려 해도 아직 5년이나 남아잖습니까? 그런데 벌서 움직이다니, 이해가 되지 않네요."

"이건 소문이다. 확실한 게 아니야."

"예."

"최근 단장회의에서 포스팅 제도 개편에 대한 내용이 언급되었다고 하더라."

"정말입니까?"

"그래. 이 이야기가 나온 건 올해가 아니야. 작년에 이미 이야기가 나왔었어. 그런데 이번에 또다시 언급이 된 거지."

김영재의 설명을 들은 찬열은 놀랄 수밖에 없었다.

회귀 전, 일본은 포스팅 제도가 개편이 됐지만 한국에는 그런 움직임이 없었다.

그런데 일본보다 일찍 움직임이 나오기 시작했다.

그 이유가 자신 때문이라니?

김영재는 찬열의 표정을 보다 다시 입을 열었다.

"난 네 생각을 알고 싶다."

"생각이요?"

"메이저리그를 원하는지 아닌지를 말이다. 그래야 내가 정확히 포지션을 잡고 움직일 수 있을 거 같다."

흔히들 선수의 꿈은 메이저리그라고 한다. 하지만 메이저리그를 꿈꾸지 않는 선수도 있었다.

이유는 다양하다. 가족, 연봉, 성격 등. 한국 생활에 만족하는 이들도 있었다. 찬열은 지금까지 누구에게도 메이저리그에 관한 이야기를 한 적이 없다. 그동안은 김영재도 시간이 많이 남아 있을 거라 생각하고 있었다. 하지만 주변의 움직임이 심상치 않았다.

상황에 따라서는 찬열의 미국 진출이 빨라질 수도 있었다. 그래서 찬열의 의사를 정확히 알고 싶었다. 찬열은 고민하지 않았다. 이미 마음은 정했다. 아주 오래전부터의 꿈이었다.

"메이저리그를 원합니다. 그리고 꼭 갈 겁니다."

그는 단호하게 대답했다.

7장
포스팅 개정!

이진구는 서울의 모처에서 두 남자를 만나고 있었다.

그들은 단장회의에 있었던 사람들이다.

바로 타이거즈와 이글스의 단장들이었다.

"이렇게들 와줘서 고맙네."

"꼭 와달라고 해서 오긴 했네만 도대체 무슨 이야기를 하자는 건가?"

"포스팅 관련 이야기라면 회의에서 해야지."

세 사람은 동갑이었다.

게다가 본사에 있을 때부터 알고 지내던 사이였기에 말을 편히 했다.

타이거즈 단장이 먼저 선을 긋자 이진구가 웃으며 본론을 꺼냈다.

"미안하지만 포스팅 관련 이야기라네."

"크흠!"

예상했던 말이 나오자 두 사람이 불편한 표정을 지었다.

이진구는 미리 준비했던 이야기를 시작했다.

"난 사실 자네들이 어째서 포스팅 개정에 대해 동의를 하는지 이해하지 못하겠네."

"아니, 그거야 메이저리그에서 계속 압박을 하니까……."

"속 보이는 이야기는 그만하도록 하지. 그게 이유가 아니란 걸 내가 모를 거라 생각했나?"

"그렇다면 우리를 이해해야 하는 거 아닌가?"

"좋아. 우리 정찬열 선수가 포스팅을 한다고 치세. 그럼 그 뒤에는 누가 될 것 같은가?"

"그게 무슨……?"

이글스 단장이 되묻는 사이 눈치 빠른 타이거즈 단장의 얼굴이 굳어졌다.

이진구 단장이 만족스러운 미소를 지었다.

"야구팬의 화살은 곧 이글스의 류성일, 타이거즈의 한승현으로 향할 걸세."

두 사람의 얼굴이 굳어졌다.

간단한 사실이다. 하지만 미처 눈치채지 못했다.

그동안 다른 구단의 단장들과 비밀리에 회동을 하면서 언변에 넘어갔다. 또한, 눈엣가시 같은 정찬열을 내보내는 것에만 열중했다.

그래서 와이번스의 뒤에 자신들도 서 있다는 걸 모르고 있었던 것이다.

"이거 참……."

난감했다.

이미 찬성 의사를 표명한 상태에서 갑자기 말을 바꾸는 건 이상했다. 그렇게 한다고 해서 현재의 여론을 뒤집을 수도 없다. 세 사람이 힘을 합친다 하더라도 다수결로 들어가게 되면 5 대 3으로 필패였다.

"그래서 내가 생각해 봤네."

"답이 있는 건가?"

"개편을 하도록 하세. 단, 우리도 받을 건 받고 보내자 이거지."

"어떻게 말인가?"

이진구의 미소가 짙어지며 미리 생각해 뒀던 수정안을 두 사람에게 이야기해 주었다.

* * *

야구 시즌이 끝났다.

와이번스는 3년 연속 페넌트레이스 우승, 한국시리즈 우승이라는 대업을 이루었다.

그 중심에는 찬열이 있었다.

타율 3할 6푼 6리, 볼넷 130개, 타점 137개, 홈런 65개라는 작년을 넘어서는 성적을 기록했다.

한국시리즈에서도 5경기를 모두 선발로 출전해 4개의 홈런과 12개의 타점을 올리며 명실상부 한국 최고의 타자라는 걸 다시 증명했다.

시즌이 끝난 찬열은 휴식에 들어갔다.

작년에는 미국까지 다녀오느라 꽤 피곤했기에 올해는 푹 쉬는 길 택했다.

하지만 매일 쉴 수는 없는 노릇이다. 찬열은 시즌이 끝난 뒤에 더욱 바빠지는 스타였기 때문이다.

올해는 광고 때문이 아니었다.

김영재와 논의 끝에 거의 대부분의 광고를 거절했다.

인지도를 더 이상 높일 이유도 없었고 너무 시간을 잡아먹었기 때문이다.

대신 찬열은 수영초등학교를 방문했다.

"올해도 와줘서 고맙다."

"아닙니다. 다시 초대해 주셔서 감사합니다."

최우길과 인사를 나눈 찬열은 아이들과 본격적인 훈련을 시작했다.

연습 경기를 할 때에는 심판마스크를 쓰고 아이들의 경기를 볼 수 있었다.

즐겁게 야구를 하는 아이들의 모습에서 찬열은 새로운 활기를 얻을 수 있었다. 특히 친척 동생인 현성이가 활기차게 야구를 하는 모습을 보며 만족스러운 미소를 지었다.

'자식, 힘든 포수가 뭐 좋다고.'

그러면서도 한쪽으로는 뿌듯한 마음이 생겼다.

자신을 보고 포수의 꿈을 키우는 아이가 있다는 건 기분 좋은 일이었다.

'응?'

그때 홈으로 파고드는 아이가 눈에 뜨였다.

뭔가 이상했다.

헬멧 밑으로 보이는 눈빛이 심상치 않았다.

무엇보다 현성이가 이미 공을 포구했는데도 미치도록 달려들고 있었다.

'위험!'

멈출 기미가 보이지 않았다.

이대로 충돌한다면 저 아이나 현성이 둘 다 다칠 위험이 있었다. 심판마스크를 쓰고 있던 찬열이 현성이의 뒷덜미를 잡아 뒤로 뺐다.

탁–!

아이는 홈플레이트를 밟고 지나갔다.

아슬아슬했다.

충돌이 일어났으면 두 사람 모두 다쳤을 수도 있다.

찬열이 마스크를 벗었다.

"잠깐 이리와."

아이를 불렀다.

쭈뼛거리던 아이가 다가왔다.

"방금 플레이는 무척 위험한 행동이야. 너나 포수가 다칠 수도 있어."

"그래도 점수를 내려면 달려야죠."

승부욕이 무척이나 강한 아이였다.

그 뒤로도 몇 번 더 달랬지만 아이는 자기의사를 굽히지 않았다.

그때 최우길이 다가왔다.

"내가 타이르겠네."

"예."

더 이상 경기를 지연시킬 수 없었다.

찬열은 의아한 표정으로 아이를 바라보다 다시 경기를 재개시켰다.

그날 밤.

본가에서 오랜만에 고모네 식구와 같이 저녁을 먹었다.

"찬열아, 고맙다. 시즌이 끝나면 힘들 텐데, 현성이 학교에 들러주고."

"저도 좋아서 하는 일인데요 뭐."

고모는 연신 찬열에게 고마워했다.

그 모습을 보며 부모님은 무척이나 뿌듯해하셨다.

식사가 끝나고 어른들끼리 술자리가 이어졌다.

시즌이 끝났지만 술을 자제하는 찬열은 오랜만에 방에 들어갔다. 그러자 현성이 쪼르르 따라 들어왔다.

"형! 오늘 학교에서……."

신난 현성이 학교에서 있었던 일들을 말했다.

친구들이 부러워했다는 둥, 선배들이 칭찬해 줬다는 등.

수다쟁이처럼 이야기를 쏟아냈다.

그러다 한 아이의 이야기를 꺼냈다.

"형이 가고 나서 성민이가 6학년 형들한테 많이 혼났어."

"성민이?"

"그 왜 형이 나 뒤로 당겼을 때 홈으로 들어오던 애!"

"아……그 애 이름이 성민이야?"

"응!"

"그런데 왜 혼났어?"

"형한테 너무 싸가지 없이 했다고 혼났어. 그런데 걔 좀 불쌍해."

그게 무슨 소리냐는 얼굴로 쳐다봤다.

"할머니랑 동생이랑 셋이 살거든."

"부모님은?"

"어렸을 때 돌아가셨대. 그래서 소풍이나 운동회에도 할머니만 와."

승부욕이 강한 이유를 조금 알 것 같았다.

운동선수 중에는 집이 어려워서 운동부를 택하는 경우가 있었다. 찬열이 어렸을 때도 그런 케이스가 있었다.

그런 아이들의 대부분은 승부욕이 무척이나 강했다. 반드시 성공해야 된다는 강박관념이 있기 때문이다.

현성이는 그 뒤에도 이런저런 이야기를 했다.

찬열은 사촌 동생의 이야기를 잘 들어주며 꿀맛 같은 휴식을 보냈다.

* * *

단장회의가 또 열렸다.

최근 들어 자주 열리는 분위기였다.

포스팅 제도의 개편 때문이었다.

5개 팀의 단장들은 오늘로서 끝판을 볼 생각으로 회의실에 모였다.

총재 역시 오늘 마무리 지을 생각이었다.

ML사무국의 압박이 점점 심해지고 있었기 때문이다.

대놓고는 아니었지만 월드 베이스볼 클래식 2회 대회에서 불이익이 있을 수도 있다는 뉘앙스를 풍겼다.

WBC 1회, 올림픽에서 연달아 좋은 성적을 거둔 한국 대표팀이다.

총재는 2회 대회에서도 좋은 성적을 올리며 대중의 관심을 집중시킬 계획이었다.

그랬기에 ML사무국의 방해는 반드시 막아야 했다.

다들 마음을 단단히 먹은 채 회의가 시작됐다.

그리고 이진구 단장의 입에서 가장 먼저 이야기가 나왔다.

"포스팅 제도의 개편을 받아들이도록 하죠."

"정말입니까?"

"예, 다들 원하시니 그렇게 하도록 하겠습니다. 단, 제 조건을 들어준다면 말이죠."

조건이란 말에 모든 이가 긴장한 표정을 지었다.

이진구 단장의 미소가 짙어졌다.

며칠 뒤.

KBO가 공문을 통해 포스팅 제도의 개편에 관한 내용을 발표했다.

KBO는 ML사무국과 협의를 통해 포스팅 제도를 아래와 같이 개편한다.

1. 포스팅을 신청하기 위한 자격을 7시즌에서 0시즌으로 수정

한다.

2. 입찰가를 MLB 구단이 아닌 KBO구단에서 결정하고 이를 ML사무국에 통보, 메이저리그 구단이 입찰하는 방식으로 변경한다.
3. 포스팅 제도를 통해 해외 진출에 실패한 선수는 향후 프리에이전트가 되기 전까지 해외 진출을 할 수 없다. 단, 입찰한 구단이 없을 경우에는 위 조항의 효력을 받지 않는다.
4. 특정 구단이 입찰가를 높게 설정하여 포스팅에 참여하는 MLB구단이 없을 경우 그 구단은 향후 2년간 포스팅의 입찰가를 설정할 권리를 박탈당한다.

이 경우 입찰가는 MLB구단이 제시하는 가장 높은 입찰가로 결정한다.

위 수정안은 발표 당일부터 유효하다.

* * *

소문으로 돌던 포스팅 시스템이 수정됐다.

인터넷에는 소동이 일어났다. 개정된 포스팅에 대한 찬반 논란이 일어났다. 구단에 너무 유리하다는 이야기도 나왔고 선수의 자유를 박탈했다는 이야기도 나왔다.

하지만 많은 야구팬은 적절한 개정안이라 평가를 했다.

기사를 확인한 찬열은 곧장 김영재를 만났다.

"말씀대로 수정안이 발표됐네요."

"음, 내 예상보다 빠르게 움직였네. 수정안도 나쁘지 않고."

"어떻게 하면 좋을까요?"

간단한 질문이다.

하지만 담긴 뜻은 가볍지 않았다.

"자세한 건 단장님을 만나 뵙고 이야기를 해야 될 것 같다."

"그렇죠?"

개정이 됐지만 여전히 칼은 구단이 쥐고 있다.

선수가 하고 싶다고 해서 무작정 할 수 있는 문제도 아니었다.

그때 찬열의 전화가 열렸다.

"단장님이네요."

번호를 확인한 찬열이 말을 하고는 전화를 받았다.

"예, 예. 알겠습니다."

금방 전화를 끊은 그가 김영재를 바라봤다.

"사무실로 오라고 하십니다."

"그럼 빨리 가봐."

"대표님도 같이요."

단장 사무실.

이진구, 이동건, 김준태, 그리고 찬열과 김영재가 앉아 있었다.

먼저 입을 연 건 이진구였다.

"이미 알겠지만 오늘 이렇게 모이시라고 한 이유는 바로 정찬열 선수의 포스팅 문제 때문입니다."

다들 알고 있었기에 놀라는 눈치는 없었다.

이진구가 말을 이었다.

"먼저 정찬열 선수의 입장을 듣고 싶네. 메이저리그 포스팅에 도전하고 싶은지 아닌지 말일세."

이미 마음을 정한 일이다.

고민할 이유는 없었다.

"도전하고 싶습니다."

"이번에 바뀐 개정안을 알고 있겠지? 메이저리그에서 입찰이 없으면 FA까지 기다려야 돼. 그래도 하겠는가?"

"예."

선수의 확인을 받았다. 이제 의견을 조율할 차례였다.

이진구와 이동건, 그리고 김영재는 서로의 의견을 교환했다.

"포스팅을 하는 거에는 동의합니다. 하지만 바뀐 개정안을 봤을 때 구단과 선수의 의견이 합의를 이루어야 됩니다. 그렇지 않으면 선수의 기회만 날아갈 수 있어요."

김영재는 찬열을 대변하고 나섰다.

본래 에이전트를 인정하지 않는 한국 야구계에서 김영재는 발언권이 없었다. 하지만 포스팅이라면 이야기가 달라진다. 해외 구단과 협상에 관한 권리도 그에게 있기에 발언권이 있었다.

"팀의 입장도 찬열이가 갑자기 빠진다면 큰 전력 누수가 생깁니다."

이동건 감독은 당장 내년을 걱정했다. 찬열이 빠지면 와이번스에는 큰 타격이 된다. 내년 성적이 떨어질 수도 있는 일이었다.

이번에는 이진구 단장이 입을 열었다.

"전력 손실에 관해서는 제가 최선을 다해 잡아드리도록 하겠습니다. 너무 걱정하지 마세요."

스토브리그가 있다.

이진구 단장은 찬열의 입찰가로 FA를 잡을 계획까지 세우고 있었다.

이야기는 밤늦게까지 진행이 됐다. 모두들 각자의 의견을 이야기했고 서서히 입장 차이를 줄여 나갔다. 해가 떠오르고 네 사람의 얼굴은 초췌해져 있었다. 하지만 토론의 열기는 잦아들지 않았다.

노력 끝에 세 사람은 한 가지 결론에 합의할 수 있었다.

"한 달 뒤, 포스팅을 신청하겠습니다. 입찰가는 천오백만 달러. 동의하시죠?"

이진구가 김영재를 바라봤다.

1달러에 1,400원대인 시대다.

한화로 바꾸면 200억이 넘는 거액이었다.

현재 FA로 나오는 선수들을 모조리 살 수 있는 돈이었다.

또한 팀 1년 예산의 절반에 달하는 돈이었다.

"예, 동의합니다."

사실 입찰가에 대한 의견 충돌이 가장 심했다.

KBO출신 선수로는 처음으로 포스팅에 도전하기 때문에 선례를 정하기 힘들었다. 와이번스에서는 가장 최근 포스팅에 도전한 마쓰자카를 롤모델로 삼았다. 하지만 투수와 야수는 다르다. 특히 찬열은 포수라는 특이 포지션이다.

동양인이 포수로서 메이저리그에 진출한 사례는 딱 한 명, 조지마 겐지밖에 없었다.

또한 야수가 1천만 달러 이상의 돈을 받은 경우도 스즈키 이치로뿐이었다.

즉, 일본 선수들조차 메이저리그에서는 아직 미지수라는 평가를 받고 있다는 뜻이다.

그런 상황에서 와이번스가 처음 제시한 2천만 달러는 무리한 금액이다. 그 금액이면 차라리 신청하지 않는 게 나앗다.

김영재는 천만 달러를 요구했다.

결국 양측은 절충을 해서 천오백만 달러를 잡았다.

딱 중간선이기도 했고 무엇보다 10년 전인 이치로보다 더 많은 금액을 받아야 된다는 의견도 일치했다.

'포스팅이라니…….'

갑작스러웠다.
하지만 떨리지는 않았다. 한 번 경험했던 미국 생활이다. 타국에서의 생활에 대한 두려움은 없었다.
'부모님에게 이야기를 드려야겠어.'
그렇게 꼬박 하루가 걸린 회의가 끝났다.

* * *

찬열은 본가로 향했다.
아침부터 찾아온 찬열을 보고는 두 분 모두 놀란 모습이었다.
"드릴 말씀이 있어요."
거실에 세 사람이 앉았다.
찬열은 바로 본론을 꺼냈다.
"구단에서 한 달 뒤에 포스팅을 신청할 계획입니다."
"포스팅?"
아버지가 놀란 얼굴로 물었다.
"예, 이번에 개정이 되면서 저도 자격이 생겼습니다. 구단에서 신청할 생각입니다."
"너무 갑작스럽지 않느냐? 해외 진출인데 이렇게 갑자기……."
"고등학생 때부터 원래 해외 진출을 염두에 뒀었잖아요."

"그렇긴 하다만…… 이미 연봉도 충분히 받고 있는데 굳이 타국까지 가서 처음부터 다시 시작해야겠니?"

아버지의 마음이 바뀌었다.

한국에서 이미 충분히 성공한 아들이다.

그렇기에 타국에 보내는 게 마음에 내키지 않으셨다.

하지만 찬열은 이미 마음을 굳혔다.

"돈 때문이 아니에요."

"그러면?"

"제 꿈이 메이저리그에 서는 겁니다. 한국을 선택했던 건 당시에 자신이 없었어요. 과연 내가 빅 리그에 가서 성공을 할 수 있을까? 라는 의문이 있었습니다."

"지금은 자신이 생겼다는 거냐?"

"예."

당당하게 대답하는 아들을 보며 아버지가 한숨을 내쉬었다.

"일단은 알았다."

아버지의 대답에 찬열은 자리에서 일어났다.

당장 대답을 원하지 않았다.

부모님도 생각을 해보셔야 될 문제였으니 말이다.

다음 날.

찬열은 아버지와 통화를 했다.

[어제 엄마와 하루 종일 이야기를 했었다. 그리고 결론을 내렸어.]

가슴이 두근거렸다.

[네가 하고 싶은 대로 하려무나.]

“감사합니다, 아버지.”

[그래. 단, 후회는 하지 마라. 그것만 약속해 주면 우리는 걱정을 하지 않을 거 같다.]

“예, 후회하지 않겠습니다.”

후회는 한 번이면 족했다.

이번에는 앞만 보고 달려갈 생각이었다.

* * *

찬열이 오케이 사인을 내리자 김영재가 미국으로 출국했다. 짧은 시간이지만 최대한 많은 구단 관계자를 만날 계획이었다.

[작년 윈터 미팅에 참가를 해서 약간의 홍보를 했었습니다. 설마 이렇게 빨리 다시 가게 될 줄은 몰랐네요.]

전화로 그 이야기를 들은 찬열은 작년 미국에서 김영재가 볼일이 있다고 했던 일을 떠올렸다.

“참, 치밀한 사람이야.”

파트너로서는 최고였다.

구단이 포스팅 신청을 하기까지 삼 주의 시간이 남았다.

최근 인터넷에서는 과연 개정된 포스팅으로 찬열이 메이저리그에 도전을 할 것인지에 대해 갑론을박이 이어지고 있었다.

의견은 크게 둘로 나뉘었다.

도전하지 않는다.

도전한다.

전자는 시기가 너무 촉박하다는 것이다.

또한 이제 고작 3년간 KBO에서 활약을 한 찬열을 어느 구단이 데려가겠느냐는 의견도 있었다. 마지막으로 와이번스에서 그를 보내지 않을 거란 이야기도 나왔다. 후자의 의견도 만만치 않았다.

이미 2년째부터 복수의 메이저리그 구단이 찬열을 주시했다는 사실, 그리고 찬열의 경기에 메이저리그 관계자들이 모습을 드러냈다는 근거가 뒤를 받쳤다.

무엇보다 이번 포스팅은 찬열 때문에 개정이 됐다는 관계자가 아니라면 모를 이야기까지 나왔다.

하지만 대부분의 사람은 근거 없는 헛소문으로 치부했다.

인터넷이란 곳은 원래 이랬다. 진실과 거짓이 공존해 어떤 정보도 믿을 수 없는 곳이었다. 또한 많은 사람이 있다 보니 각자의 생각이 충돌했다. 야구 관계자들 역시 다양한 의견을 냈다. 찬열에게 직접 연락을 하는 복수의 언론도 있었다.

하지만 찬열은 모든 언론과 인터뷰를 거절했다.

그러나 언제까지고 그들을 피할 수 없었다.

"후우-! 춥네요."

인천 문학구장.

비시즌 기간에 조용했던 야구장이 오랜만에 활기가 돌았다. 현역선수와 은퇴선수들이 모여 자선경기를 펼치는 날이었다.

오늘 이 대회를 개최한 건 박현우였다.

그는 은퇴 이후 지도자의 길을 걷고 있었다.

와이번스 2군에서 배터리 코치로 활약을 하며 동시에 유소년 야구에도 많은 관심을 쏟았다.

당연히 많은 언론이 찾았고 자선경기에 참여한 찬열에게 관심이 쏟아졌다.

"정찬열 선수, 올해 메이저리그에 도전하는 겁니까?"

"최근 구단과 미팅을 가졌다는 소문이 돌고 있는데요. 무슨 이야기를 하셨습니까?"

찬열이 난감해하자 박현우가 나섰다.

선수로서 오랜 시간 뛰어온 그는 기자들과도 대부분 안면이 있었다. 게다가 오늘은 그가 개최한 대회다. 당연히 초청받은 기자들은 모두 지인들이었다.

"자자, 어차피 찬열이가 지금 이야기할 수 없다는 거 다들 알잖아요?"

"그래도 코멘트라도……."

"에헤이, 정말 이럴 겁니까? 내가 처음 여는 대회니까 여기까지만 하도록 하죠."

기자들이 어쩔 수 없다는 듯 물러났다.

박현우는 식은땀을 닦으며 찬열에게 다가갔다.

"에휴, 나 때문에 네가 괜한 고생이다."

"아닙니다, 선배님."

"그나저나 어떻게 됐어? 정말 하기로 한 거냐?"

박현우가 걸음을 옮기며 물었다.

바로 대답을 하지 못하는 찬열을 보며 박현우가 씩 웃었다.

"결정했구나?"

"죄송합니다…… 선배님이 마스크를 맡기셨는데."

"걱정 마라. 네가 없더라도 후배들이 알아서들 다 해줄 거다. 동건이 형도 이미 내년 구상에 들어갔을 거고 말이야."

그의 위로에 조금은 마음이 편해진 찬열이다.

"그런데 오늘 대회는 어떻게 여시게 되셨습니까?"

"내 지인 중에 고아원을 운영하시는 분이 있다. 그동안은 기부나 조금씩 하고 그랬는데 은퇴하고 할 일이 별로 없더라고. 그래서 올해는 아예 대회를 열어봤지."

"그렇군요."

"야구로 모은 돈이니 야구로 돌려줘야지. 안 그러냐?"

찬열이 어색하게 웃었다.

사실 그는 어렵게 야구를 한 처지가 아니다.

회귀 전에야 여러 가지 일로 어려워졌지만 학창 시절에는 그리 어려운 형편은 아니었다.

하지만 야구선수 중에는 어려운 형편 속에 야구를 했던 선수가 많았다. 그러다 보니 많은 돈을 벌게 되었을 때 자신과 비슷한 처지의 아이들을 도와주는 경우도 많았다.

"자, 슬슬 시작하자."

"예!"

박현우의 첫 번째 자선 대회가 시작됐다.

* * *

시간은 빠르게 흘렀다.

포스팅 신청 일주일을 앞두고 김영재가 귀국했다.

찬열은 곧장 그의 사무실을 방문했다.

"잘 다녀오셨어요?"

"응, 일단 앉자."

찬열과 김영재가 소파에 마주보고 앉았다.

그는 바로 본론으로 들어갔다.

"윈터 리그에 참가해서 많은 구단 관계자와 만났다. 그 결과 다수의 구단에서 너에게 관심을 내비쳤어."

"정말입니까?"

"그래, 한데 문제도 있다."

"문제요?"

"너의 포지션이야. 메이저리그 관계자들은 동양인 선수가 포수로 와서 잘할 수 있을지에 대해 의구심을 가지고 있어."

"으음……."

어느 정도 예상했던 부분이다.

마이너리그시절에도 자신은 포수로서 오랜 시간 뛰지 못했다. 1루수와 외야수로도 경기에 나갈 정도로 투수와의 호흡이 어려웠었다.

"그래도 다행인 건 언어적인 문제가 없다는 걸 최대한 어필하고 왔다."

그때와 달라진 게 이거였다.

언어.

당시 미국 진출 초반에는 영어가 전혀 되지 않아 대화가 되지 않았다. 하지만 지금은 달랐다.

거의 현지인에 비슷할 정도로 영어를 구사할 수 있었다.

그러나 걱정이 아예 없는 건 아니었다.

"한국 선수에 대한 편견은 없던가요?"

메이저리그의 시각은 한국보다 일본을 더 높게 보고 있다.

그리고 그건 사실이다.

냉정하게 말해서 한국 야구는 일본보다 떨어져 있다.

또한 KBO선수가 메이저리그 진출했던 케이스가 없다.

거기에 따른 편견이 있을 수도 있었다.

하지만 김영재는 미소를 지었다.

"없었다. 정확히 이야기하면 메이저리그는 2년 전부터 너를 관찰하고 있었어. 다른 한국 선수와는 레벨이 다르다고 칭찬을 하더군."

기분 좋은 말이었다.

이제 슬슬 결말을 지을 때였다.

"이 자리가 끝나고 이진구 단장님을 뵈러 갈 생각이다. 일 주일을 더 기다릴 필요가 없어졌어."

"그럼?"

"이틀 뒤, 포스팅을 신청하자고 요청할 생각이야."

"후우……."

절로 한숨이 나왔다.

이제 정말 코앞이다.

"잘 부탁드리겠습니다."

"최선을 다할게."

서로를 향해 인사를 한 두 사람이 마주보며 웃었다.

* * *

[개정된 포스팅 시스템의 첫 번째 도전자가 결정됐습니다. 주인공은 인천 와이번스의 4번 타자 정찬열 선수입니다.

인천 와이번스는 12월 7일 KBO에 정찬열 선수의 포스팅을 신청했습니다.

KBO는 ML사무국에 포스팅 공시를 요청했으며 앞으로 5일간 메이저리그 30개 구단에서 비공식 입찰이 진행될 예정입니다.

결과는 13일 와이번스에 통보될 예정이며 바뀐 개정안을 통해 신청한 구단이 있으면 정찬열 선수는 바로 협상에 들어갈 수 있습니다.]

* * *

주사위는 던져졌다.

남은 건 결과를 기다리는 것뿐이었다.

하루하루가 피가 마르는 기분이었다.

분명 메이저리그 관계자들의 반응이 나쁘지 않다는 걸 알았다.

김영재도 자신만만했다. 하지만 당사자인 찬열의 입장에서는 마음을 놓을 수 없었다.

떨리는 마음으로 결과가 나오기를 기다렸다.

고작 5일이건만 50일, 500일을 기다리는 것처럼 더디게 흐르는 기분이었다.

그사이 미국 현지에서도 서서히 반응이 나오기 시작했다.

각종 언론에서 정찬열의 포스팅 소식을 전했다.

그런 기사들은 국내 언론을 통해 번역이 되어 국내 팬들에게 소개가 되었다.

대부분 호의적인 반응이었다.

또한 1,500만 달러라는 포스팅 비용도 공개됐다.

이에 따른 반응도 다양하게 나왔다.

너무 많다, 너무 적다, 적절하다 등등.

다양한 반응이 나오는 이유는 간단했다.

그동안 KBO 선수들 중 포스팅에 도전했다가 기대만큼의 입찰가가 나온 적은 한 번도 없었기 때문이다.

게다가 야수는 최초다. 기존에 포스팅을 신청했던 선수들은 모두 투수였다. 하나같이 한국 야구를 주름잡던 선수들이었다. 하지만 백만 달러를 넘은 적은 단 한 번도 없었다.

시대가 변했다고는 하지만 갑자기 천오백만 달러라는 거액을 내걸었으니 갑론을박이 나올 수밖에 없었다.

그런 바깥 분위기를 모른 채 찬열은 조심스럽게 결과를 기대했다.

그리고 13일.

ML사무국에서 KBO에 공식 문서를 보냈다.

KBO는 곧 와이번스에 통보했다.

결과를 받아 든 이진구 단장은 바로 찬열에게 전화를 넣었다.

[널 사랑하는~]

조용한 방에 컬러링이 울렸다.

액정에 뜬 이름을 확인한 찬열이 전화를 받았다.

"예, 단장님."

[방금 결과가 나왔네.]

잠시 뜸을 들인 이진구가 말을 이었다.

[7개 구단에서 포스팅에 참여했어.]

울컥했다.

그동안 마음 졸이며 힘들어하던 순간이 모두 녹듯이 사라졌다.

[결과는 김영재 대표에게 말해놓도록 하겠네.]

"예."

[정찬열 선수, 축하하네.]

"감사합니다."

전화를 끊은 찬열은 고개를 숙였다.

눈가가 뜨거워지는 게 느껴졌다.

마이너리그에서의 고생이 머리를 맴돌았다.

그렇게 꿈꿨던 그곳에서 자신을 원하고 있었다.

"하아……."

기뻤다.

* * *

[인천 와이번스는 정찬열 선수의 포스팅에 7개 팀이 참여했음을 밝혔습니다.

참여한 팀은 양키스, 다저스, 컵스, 에인절스, 레인저스, 화이트삭스, 메츠입니다.

정찬열 선수는 앞으로 한 달간 위 구단들과 협상을 치를 수 있습니다. 만약 한 달 동안 계약에 이르지 못한다면 포스팅에 실패한 것으로 간주, 정찬열 선수는 FA가 되기 전까지 메이저리그 진출을 할 수 없게 됩니다.]

* * *

김영재는 다시 미국으로 출국했다.

협상은 이제 그의 몫이었다. 중간중간 전화가 와서 구단들과의 협상에 관한 내용을 찬열에게 전해 주었다. 모든 구단이 협상에 적극적으로 참여하는 건 아니었다. 김영재는 빠르게 그런 구단을 협상 대상에 제외시켰다.

또한 찬열을 포수가 아닌 다른 포지션으로 교체시키려는 말을 하는 곳도 우선 협상 대상에서 뺐다. 일주일이 지난 시점에서 김영재는 7곳 중에서 3곳과 본격적인 협상을 가져갔다.

남은 팀은 양키스, 다저스, 그리고 레드삭스였다.

"양키스가 최종 후보에 들어가다니. 조금 의외네요."

[나도 의외다. 포사다가 자리를 지키고 있는데 말이다.]

호르헤 포사다.

양키스의 전설적인 포수다.

[양키스에서 포지션 변경을 요청할 수도 있으니 조심스레 접근해 봐야지.]

"포지션은 제 힘으로 따내면 됩니다. 그렇게까지 신경 쓰시지 않으셔도 돼요."

[그래, 알았다. 일단 잘 이야기가 진행되고 있으니 다음 주쯤에 미국으로 건너와라.]

"알겠습니다."

전화를 끊은 찬열은 세 팀을 떠올렸다.

가장 머리에 남는 건 레드삭스가 자신의 포스팅에 참여한 것이다.

"회귀 전에도 레드삭스가 날 원했었지."

그 역시 레드삭스를 택했다.

하지만 결국 붉은 양말은 신어 보지 못했다.

LA다저스 역시 관심이 갔다.

박찬태를 시작으로 류성일까지, 한국의 국민구단이라고까지 불릴 정도로 친한국적인 정책을 펼치는 곳이다.

또한 한인타운도 있어 적응하는 데 별다른 문제가 없을 것이다.

마지막으로 악의 제국 뉴욕 양키스.

돈으로 우승을 산다는 말이 있을 정도로 엄청난 자금력을 사용하는 곳이다.

선수들에게는 가장 좋은 곳이기도 했다.

특히 명문이란 말이 어울릴 정도로 전통과 역사를 지닌 곳이었다. 또한 야구를 하는 선수라면 누구라도 스프라이트 유니폼을 한 번쯤 입어보기를 소원할 것이다.

'모두 매력적인 곳이다.'

과연 자신은 어떤 유니폼을 입게 될 것인가?

찬열은 기대를 가지고 다음 주가 오기를 기다렸다.

* * *

찬열은 인천공항에 나와 있었다.

어떻게 알았는지 각종 언론에서 그를 취재하기 위해 와 있었다.

급하게 자리를 마련해서 간단한 인터뷰를 했다.

그 뒤에야 부모님과 오붓하게 작별의 인사를 나눌 수 있었다.

"그럼 다녀올게요."

"잘하고 와라."

"도착하면 전화하고 밥 잘 챙겨먹고 알았지?"

"네."

웃으며 대답한 찬열이 비행기에 탑승했다.

김영재가 마련해 준 퍼스트 클래스에 앉은 그는 미국으로 향했다.

"웰컴~!"

케네디 국제공항에 도착하자 안젤라가 마중을 나와 있었다.

간단히 그녀와 인사를 하고 안젤라의 차에 몸을 실었다.

"마중 나와 줘서 고마워."

"일이니까 괜찮아. 그리고 찬열도 보고 싶었고 말이야."

찬열이 미소를 지었다.

"그런데 벌써 포스팅이라니. 정말 놀라워. 몇 년 뒤에나 올 거라고 예상했는데 말이야."

"어쩌다 보니 그렇게 됐네."

"개인적으로는 양키스에 갔으면 좋겠다."

"양키스 팬이야?"

"아니, 뉴욕에 있으면 자주 볼 수 있잖아!"

안젤라와 이런저런 대화를 나누며 곧 호텔에 도착했다.

로비에는 김영재가 마중 나와 있었다.

"오느라 고생했다."

"덕분에 일등석도 타보고 편하게 왔습니다."

"그렇다면 다행이지. 올라가자."

엘리베이터를 타고 방이 있는 층으로 올라갔다.

"일단 회의부터 하자. 쉬고 싶을 텐데 미안하다."

"아니에요. 괜찮습니다."

짐은 직원이 알아서 옮겨놓으니 찬열은 김영재와 함께 객실로 들어갔다.

회의실로 사용할 용도로 따로 잡아둔 방이다.

안에 들어가자 김영재 또래로 보이는 중년 백인 남성이 앉아 있었다.

그는 찬열을 보고는 자리에서 일어나 다가왔다.

김영재가 그를 소개했다.

"이쪽은 내 친구이자 변호사인 데이비드, 참고로 안젤라의 아버지이기도 하다."

"안녕하세요, 정찬열입니다."

"이렇게 만나게 되어 반갑습니다. 이 친구에게 이야기 많이 들었습니다. 데이빗이라고 불러주세요."

인사를 나누고 찬열이 김영재를 바라봤다.

"미국 쪽으로는 내가 잘 모르는 부분이 있을 것 같아서 조언 역할로 불렀다."

"그러면 제가 죄송한데……."

"미안할 거 없다. 어차피 돈 받고 하는 일이니까 말이야."

"이 친구가 페이를 많이 주더군요. 하하!"

유쾌하게 웃는 데이빗을 보며 안젤라의 성격이 누구를 닮

았는지 알 수 있었다.

네 사람이 자리에 앉았다.

안젤라는 야구 담당 기자이니 조언을 받기에 가장 적절했다.

김영재가 먼저 입을 열었다.

"세 곳의 임원을 모두 만났다. 하나같이 영입에 적극적이었어."

안젤라가 말을 받았다.

"그럴 수밖에 없어요. 세 팀 모두 주전 포수들의 나이가 있으니까요. 특히 양키스의 포사다는 올해 37살이에요. 내년이면 38이죠. 제이슨 베리텍 역시 마찬가지예요. 포사다보다 1살이 어리지만 많은 나이죠."

전문가답게 그녀는 자신의 지식을 풀어냈다.

'확실히 보스턴은 내게 미래의 포수를 기대했었다. 하지만 성공하지 못했지.'

실제로 제이슨 베리텍은 10시즌부터 제대로 경기에 나서지 못한다.

그리고 11시즌을 끝으로 은퇴를 결정한다.

포사다 역시 마찬가지다.

하지만 다저스는 조금 상황이 달랐다.

"다저스에는 마틴이 있지 않나요?"

"오, 잘 알고 있네요? 맞아요. 그래서 조금 의외이기는 해요. 하지만 소식통에 의하면 마틴이 잔부상이 좀 있다고 하네요. 그리고 그 뒤를 받쳐 줄 선수가 부족한 것도 사실이고요."

"백업으로 생각하고 있다. 이 말이군요?"

"미안하지만 사실이에요. 세 개 구단은 찬열 씨의 타격에 관심이 있지 포수로서의 능력에는 크게 관심이 없어요."

"안젤라."

김영재가 그녀의 말을 막았다.

너무 직설적이었기 때문이다.

듣는 사람에 따라서는 기분이 나쁠 수도 있었다.

하지만 찬열은 고개를 저었다.

"괜찮습니다. 오히려 이렇게 말해주니 정확히 알 수 있어서 좋네요."

"그렇다면 다행이다. 사실 안젤라의 이야기는 모두 사실이야. 최근 세 곳을 모두 만나면서 그들의 의도를 알 수 있었다."

"절 포수로 보고 있지 않다는 거군요."

"그래. 말은 포수로도 기용을 할 수 있다고 하지만 여지를 두었을 뿐이야."

메이저리그는 역사와 전통이 있다.

그러다 보니 허들이 높았다.

조지마 겐지가 미국에서 성공을 했지만 2008년에는 극도로 부진했다. 당연히 동양인 타자의 한계가 다시 수면에 떠오르고 있었다.

포수로서의 능력 역시 한계를 드러냈다. 팀의 에이스 투수와 불화가 있기도 했었다.

겐지는 동양인 포수로서 최초로 메이저리그에 진출했다. 즉, 일종의 선례가 되었다는 의미다.

그 외에 일본인 타자들의 부진도 이어졌다.

썩 좋은 상황은 아니었다.

이런 상황에서 높은 연봉을 기대하는 건 무리가 있었다.

"포스팅 비용이 1,500만 달러였다는 것도 걸림돌이 된다."

포스팅은 구단에 들어가는 돈이다.

하지만 메이저리그 구단의 입장에서는 어찌 됐든 선수를 영입하기 위해 쓰는 돈이었다.

당연히 연봉에도 영향이 갈 수밖에 없었다.

김영재가 걱정하는 게 무엇인지 알 것 같았다.

"큰 연봉을 기대하지 않습니다. 한국에서 그런 성적을 남겼다고 해도 메이저리그에서는 루키입니다."

말을 멈춘 찬열이 눈을 감았다. 마이너리그 연봉을 생각했다. 몇만 달러라는 돈을 받으며 야구를 했다. 운이 좋게 한국에서 많은 연봉을 받았다. 하지만 메이저리그는 다르다.

찬열은 그걸 잘 알고 있었다.

"제 실력을 그들에게 보여준 뒤에 가치를 인정받도록 하겠습니다."

"정말 멋져!"

안젤라가 엄지를 들었다. 눈에서 하트가 나올 것만 같았다.

김영재 역시 감격한 표정을 지으며 찬열을 보고 있었다.

"네 뜻이 그렇다면 알았다. 최선을 다하도록 하마."

"예, 잘 부탁드립니다."

* * *

김영재는 매일같이 구단 관계자들을 만났다.

호텔로 돌아오면 찬열에게 보고를 하고 그날의 일에 관련해서 상의를 했다. 데이빗과 안젤라 역시 매일 회의에 참여하며 더 좋은 계약을 이끌어 내기 위해 노력했다. 일주일이란 시간이 금방 흘렀다.

찬열은 정장을 차려입고 호텔의 스카이라운지로 향했다.

그의 곁에는 김영재와 데이빗이 함께했다.

안젤라는 객실에서 기다리고 있었다.

오늘은 구단 관계자를 만나는 날이다.

친구라고는 해도 기자가 참여할 수 있는 자리가 아니었다.

"떨리지 않아?"

"괜찮습니다."

김영재의 물음에 찬열이 애써 웃으며 답했다. 말은 그렇게 했지만 사실 떨렸다. 구단 고위 관계자를 만나는 건 실로 오랜만이다. 그 상대가 양키스라면 더더욱 떨릴 수밖에 없었다.

엘리베이터의 문이 열리자 곧장 스카이라운지가 모습을 드러냈다.

거대했다.

한 층을 통째로 쓰기 때문에 모든 편의 시설이 갖춰져 있었다. 한쪽에는 작은 바도 있었다. 엘리베이터에서 나와 조금 걷자 소파와 테이블이 보였다. 소파에는 세 사람이 앉아 있었다. 체격이 좋은 중년의 남자, 커리어우먼 스타일의 여인. 마지막으로 까무잡잡한 피부의 남자.

익숙한 얼굴이다. 모를 수가 없었다. 양키스의 레전드 플레이어. 호르헤 포사다였다.

그때 중년 남자가 다가왔다.

"반갑습니다. 양키스의 제이크입니다."

찬열이 그의 손을 맞잡았다.

"정찬열입니다."

본격적인 협상의 시작이었다.

* * *

양키스와의 만남이 끝난 뒤.

찬열은 방 안에서 호르헤 포사다와의 대화를 떠올렸다.

"한국에서 활약한 영상 잘 봤어. 같은 팀에서 야구를 하면 재밌을 거 같더군."

"포사다가 내 플레이를 봤다 이거지."

소름이 쫙 돋았다. 하지만 거기까지였다. 거기에 큰 의미를 두면 안 됐다.

"메이저리그 구단들의 흔한 협상 방법이다. 자신들의 프랜차이즈 스타를 대동해서 마음을 사로잡으려 하지."

머리로는 그렇게 생각했다. 하지만 가슴은 아니었다. 어쩔 수 없이 들뜬 마음으로 하루를 보내야 했다.

다음 날.

이번에는 다저스의 관계자를 만났다. 프랜차이즈 스타를 대동하지 않았지만 구단주가 직접 찾아왔다.

"스프링캠프 때도 정찬열 선수를 봤습니다. 꼭 우리 팀에서 뛰는 모습을 봤으면 좋겠습니다."

구단주는 적극적으로 LA의 좋은 점을 어필했다. 특히 박찬태의 이야기를 자주 꺼냈다. 한인과 관련된 장점도 빼먹지 않았다.

그리고 또 하루 뒤.

마지막으로 레드삭스 관계자들을 만났다.

그들과 만나는 자리에서 찬열은 반가운 얼굴을 보게 됐다.

"레드삭스에서 한국과 일본을 담당하고 있는 김지훈입니다."

능숙한 한국어였다.

김지훈.

회귀 전 자신의 통역을 맡아주던 사람이다. 찬열보다 네 살이 더 많은데 정말 친형처럼 자신을 돌봐주던 사람이었다.

구단의 명령으로 통역을 그만두긴 했지만 그 뒤로도 찬열의 편의를 많이 봐주던 사람이다.

"반갑습니다."

찬열이 미소를 지으며 그와 손을 잡았다.

8장

찬열의 행선지는?

다시 일주일이 지났다.

4주의 시간 중 벌써 절반이 사라졌다.

그러다 보니 각 구단의 상세한 조건도 서서히 윤곽을 드러냈다.

"양키스에서 5년 계약에 인센티브 포함 1,000만 달러의 계약을 제안했다."

"연 200만이네요. 좋은데요?"

"문제는 첫해 고정 연봉이 80만 달러다. 인센티브를 모두 달성하면 100만 달러가 되긴 하지만……."

"현재 메이저리그 최저 연봉보다는 많잖아요."

찬열이 미소를 지었다.

"이전에도 말씀드렸지만 돈보다는 도전입니다. 확실히 제 실력을 보여주고 그에 따른 보상을 받을 겁니다."

"잘 생각하는 게 좋아. 메이저리그에서는 연봉이 곧 기회로 이어져. 비슷한 성적의 선수라면 더 높은 연봉을 주는 선수에게 한 번이라도 기회가 더 가게 되어 있어."

안젤라가 걱정 어린 목소리로 말했다.

하지만 찬열은 고개를 저었다.

"알고 있어. 하지만 내가 지금 하려는 건 도전이야. 메이저리그에 대한 도전, 그것을 위해서는 포기해야 되는 것도 있어."

찬열이 김영재를 바라봤다.

"다른 구단들의 조건도 말씀해 주세요."

"그래."

LA다저스는 4년, 레드삭스 역시 4년의 계약을 제시했다. 연봉만 놓고 보면 다저스가 가장 많은 금액이었다. 연평균 150만 달러의 규모였다. 레드삭스는 그보다 적은 연평균 100만 달러의 수준이었다. 인센티브를 포함하면 150만 달러까지 올라갔다.

"안정적인 수익만 놓고 보면 다저스가 가장 좋겠네요."

"그렇지."

"세부적인 조건을 넣을 수 있나요?"

"협상을 하면 가능할 거다. 넣고 싶은 조항이 있는 거냐?"

"예."

찬열은 자신이 생각했던 부분에 대해서 이야기를 꺼냈다.

"옵트아웃 조항도 넣고 싶습니다."

"몇 년으로?"

"60홈런을 기록하면 옵트아웃이 가능하게 해주세요."

"60홈런이라……."

"최근 메이저리그는 투고타저야. 조금 더 낮추는 게 좋지 않을까?"

"옵트아웃을 따내려면 저 정도 조건을 걸어야 될 거야."

"으음……."

안젤라는 반박을 하지 못했다.

그녀 역시 메이저리그에서 옵트아웃이란 조항이 어떤 건지 잘 알고 있었다. 옵트아웃은 간단히 말해 계약 기간을 포기하고 FA를 선언하는 것이다. 예를 들어, 5년 계약을 맺었는데 3년 차에 60홈런을 달성하면 남은 2년의 계약이 무효가 된다.

선수는 바로 FA를 선언, 다른 구단과 새로운 계약을 맺을 수 있다.

"철저하게 실력으로 인정을 받겠다. 이거구나?"

"예."

"연봉에 대한 조절은 필요 없는 거냐? 협상을 하면 연봉 인상이 가능할 거다."

"옵트아웃 조항을 넣으면서 인상도 가능하다면 그렇게 하겠습니다. 하지만 당장의 이득을 위해 미래를 포기하고 싶지는 않습니다."

선수가 마음을 정했다.

그렇다면 에이전트는 해야 될 일을 하면 됐다.

"알았다. 일단 세부적인 조항을 더 의논하도록 하자. 그 뒤에 구단과 협상을 시작하면 된다."

"알겠습니다."

네 사람은 새벽이 되도록 찬열의 계약에 대해 의논하고 또 의논했다.

* * *

[정찬열 선수가 보스턴 레드삭스와 4년 총액 700만 달러에 계약을 맺었습니다. 이로써 정찬열 선수는 KBO 리그 선수로서는 최초로 메이저리그에 진출한 선수가 되었습니다. 1년 차에 100만 달러를 받으며 이후에는 50만 달러씩 연봉이 상승합니다. 그리고 매년 옵션을 달성하면 총액 50만 달러의 보너스를 받게 됩니다. 모든 옵션을 달성하면 총액은 900만 달러의 계약이 됩니다. 한편 계약 내용이 알려지면서 네티즌은 헐값에 넘어간 게 아니냐는 반응입니다. 하지만 정찬열 선수의 에이전트인 김영재 씨는 '정찬열 선수는 도전을 선택했을 뿐이다'라며 당사자는 계약에 만족하고 있음을 밝혔습니다.]

계약이 끝났지만 찬열은 보스턴에 남았다.

내년 시즌 동안 지낼 집을 구해야 하기 때문이다.

"구단에서 5만 달러의 주거 지원비를 주기로 했으니 괜찮은 곳으로 찾아보자."

"예."

김영재와 함께 찬열은 집을 알아보러 다녔다.

이번 계약에서 찬열은 여러 가지 옵션을 넣었다.

연봉에 관련된 것은 물론이거니와 생활에 필요한 부분 역시 포함되어 있었다.

예를 들어 주거비, 교통비, 통역사, 한국에 들어가는 비행기표 등 다양한 옵션이 포함됐다. 무엇보다 옵트아웃 옵션을 넣었다는 게 중요했다. 세 구단 모두 저 옵션을 넣는 것에 부정적이었다. 차라리 연봉을 올려주겠다고 한 구단도 있었다. 마음만 먹으면 연봉을 올릴 수 있었다. 하지만 찬열은 실력으로 보여주겠다는 쪽으로 마음을 굳혔다.

'한 구단에 오래 묶일 이유는 없다. 좋은 성적을 거두면 지금의 손해를 메울 수 있어.'

미국은 드래프트를 통해 메이저리그 구단과 계약을 맺은 선수는 서비스 타임이란 게 존재한다.

메이저리그 로스트에 들어 규정 타석 이상 3년을 기록하기 전까지는 연봉 조정 신청 같은 권리를 행사할 수 없다.

이를 서비스 타임이라 한다. 이 기간에 아무리 대단한 활약을 펼친 선수라 할지라도 연봉의 액수는 그리 크지 않다.

하지만 서비스 타임이 지난 다음에는 이야기가 달라진다.

수많은 선수가 연봉 조정 신청으로 자신의 진가를 제대로 인정을 받은 것이다.

그리고 이 옵션을 최종적으로 받아준 곳이 보스턴이었다. 다저스는 첫해 연봉 250만 달러, 이후 매년 40만 달러를 인상해 주는 조건으로 6년 계약을 제시했다.

하지만 찬열은 거절했다.

본인의 실력으로 인정을 받겠단 뜻이었다.

* * *

한국에서의 반응은 정확히 둘로 나뉘었다.

적당하다 혹은 헐값이다.

대체적으로 헐값이라는 의견이 많았다.

적당하다는 측은 포스팅 비용이 높은 축에 속했기 때문에 연봉은 적을 수밖에 없다는 주장을 펼쳤다.

그로 인해 와이번스가 비난의 화살을 맞기도 했다.

적지 않은 논란 속에 찬열이 귀국했다.

인천공항에 도착하자 많은 언론이 그를 기다리고 있었다.

찬열은 언론과 간단히 인터뷰를 진행했다.

대부분 예상했던 질문이었다.

그랬기에 막힘없이 대답을 할 수 있었다.

"마지막으로 한 말씀 해주시죠."

"큰 무대에서 뛸 수 있는 기회를 주신 인천 와이번스에 감사하다는 말, 꼭 하고 싶었습니다. 또한 걱정해 주시는 많은 팬 여러분 고맙습니다. 제가 이번 계약을 맺은 이유는 실력으로 메이저리그에서 자리를 잡겠단 뜻입니다. 제 진심을 알아주셨으면 합니다. 감사합니다."

그 말을 끝으로 찬열은 김영재와 함께 공항을 빠져나왔다.

그는 곧장 본가로 향했다.

"그럼 푹 쉬고 일주일 뒤에 보자."

"네, 들어가세요."

"그래."

김영재가 떠나자 찬열은 집으로 향했다.

엘리베이터의 문이 열리자 문 앞에서 서성이고 있던 어머니를 발견했다.

"아들~"

"어머니, 기다리셨어요?"

"당연하지! 우리 아들, 미국 다녀오느라 고생했다. 어서 들어가자."

어머니가 캐리어를 끌고 들어가셨다.

말릴 새도 없었다.

찬열은 흘러나오는 미소를 입가에 머금은 채 집으로 들어갔다.

정말 오랜만에 푹 쉬었다.

아무리 밖에서 맛있는 음식을 먹더라도 어머니의 집밥에는 미치지 못했다.

식사를 끝내고 찬열은 부모님과 대화를 나누었다.

“그럼 보스턴에 집은 구한 거고?”

“네, 호텔과 계약을 했습니다. 구단과 연계된 곳이 있는데 그곳에서 지내기로 했어요.”

“호텔? 거기서 어떻게 지내려고?”

어머니가 걱정 어린 목소리로 물었다.

“구단 선수들 중 다른 지역에 집이 있는 선수도 많이 머무는 곳이에요. 그러다 보니 밥도 잘 나오고 무엇보다 구단과 가깝다는 장점이 있어요.”

찬열의 설명에도 부모님의 표정은 쉽게 풀리지 않았다.

타지에만 나가도 걱정이 되는 게 부모 마음이다. 한데 타국이다. 그것도 비행기로 12시간을 가야 나오는 미국이다.

걱정이 될 수밖에 없었다.

그때 어머니가 아버지의 옆구리를 팔꿈치로 찔렀다.

“흠흠! 사실 네가 미국에 있는 동안 둘이 의논을 했었다.”

“네.”

“우리도 함께 미국으로 가는 건 어떻겠냐?”

예상했었다.

부모님의 성격이라면, 자신을 위해 미국으로 이주를 선택할 수도 있다.

본인들이 평생을 바쳐 일궈온 생활을 포기한 채 말이다.

회귀 전에도 그랬다. 당시에는 어린 마음에, 내가 힘들다는 이유로 그것을 받았다. 무엇을 의미하는지도 모른 채 말이다. 하지만 이번에는 아니었다.

"전 반대입니다."

어머니의 얼굴이 굳어지셨다.

그러나 여기서는 확실하고 단호하게 이야기를 해야 했다.

괜히 여지를 두면 오히려 오해를 할 수도 있다.

그걸 알기에 찬열은 진심을 전하려 노력했다.

"미국을 선택한 건 제 욕심입니다. 이루고 싶은 꿈이 있기 때문이에요. 저 때문에 부모님이 희생하는 건 원치 않습니다."

"음……."

"하지만 찬열아, 미국에서 혼자 어떻게 지내니."

"괜찮아요. 벌써 친구도 생겼어요. 구단에서 한국인 직원을 붙여주기로 약속을 했고요. 빨래나 청소는 호텔에서 알아서 해줄 거예요."

"하지만……."

"여보."

아버지의 부름에 어머니가 입을 다물었다.

"아무래도 아들이 다 커서 우리 품을 떠나려나 보오."

"여보……."

"그만 보내줍시다. 다 큰 자식을 언제까지 품 안에 보듬고 살겠소?"

어머니는 아무 말도 하지 못하셨다. 하나밖에 없는 자식이다. 머리로는 이해하지만 가슴은 미어지는 기분이었다. 결국 어머니는 눈물을 보이셨다.

찬열과 아버지는 그런 어머니를 위로하느라 진땀을 흘렸다.

다음 날.

어머니는 기운을 차리셨다.

오히려 찬열에게 미안해하는 기색이 있었다.

그 모습을 보며 찬열은 자신의 선택이 잘못되지 않았나? 라는 생각을 했다.

하지만 이내 고개를 저었다.

한 번 경험을 했었다.

당시와 지금은 상황이 다르긴 했다.

그러나 아버지가 본인의 일을 접고 미국까지 오시는 건 무리가 있었다. 실제로 아버지는 일을 그만두신 후 많이 힘들어 하셨다. 의욕이 없어지셨다고나 할까? 겉으로 내색하진 않았지만 모를 수 없었다.

어머니도 외국 생활에 잘 적응하지 못하셨다. 친인척이 하나도 없는 미국이다 보니 집에서 많이 외로워 하셨다. 그걸 알기에 찬열은 자신의 선택을 후회하지 않았다. 대략적인 이야기가 마무리되자 찬열은 구단으로 향했다. 구단에 도착하자 이혜성이 마중 나와 있었다.

"축하드립니다!"

대뜸 축하부터 하는 그의 모습에 찬열이 미소를 지었다.

"감사합니다."

"이야~ 레드삭스라니. 정말 대단합니다. 연봉이 적은 건 조금 아쉽지만요."

"옵트아웃을 넣으려다 보니 그렇게 됐습니다."

이혜성도 고개를 끄덕였다.

그 역시 대략적인 사정은 들어서 알고 있었다.

높으신 분들이 입조심을 한다고 해도 이상하게 회사 내부에는 이야기가 돌았다.

"인터넷에서도 그것에 대해 이야기가 있더군요. 정말 삼백만 달러를 거절하신 겁니까?"

"정확히는 250만 달러입니다."

"와…… 대단하십니다. 지금 연봉의 2배 아닙니까?"

찬열이 어색하게 웃었다.

대화를 나누며 걷다 보니 어느새 단장실 앞에 도착했다.

문을 열고 들어가자 이진구 단장과 이동건, 그리고 김준태가 기다리고 있었다.

"어서 오게."

"어서 와라."

세 사람이 찬열을 맞이했다.

인사를 하고 각자 자리에 앉았다.

"일단 협상이 잘 마무리된 것에 대해 축하하네."

"감사합니다."

"미국에 가서도 잘해야 된다."

"예."

이진구가 축하의 말을 건넸다. 이어서 이동건 역시 격려의 말을 아끼지 않았다. 연봉이 적다는 이야기가 또 나왔다. 애써 웃으며 넘긴 뒤 이런저런 이야기를 했다. 1시간쯤 지났을 때, 찬열은 자리에서 일어났다.

"이렇게 좋은 기회를 주셔서 감사합니다."

"다 자네의 능력이지. 메이저리그에서 잘 활약하는 모습 보여주게. 그리고 와이번스에는 언제나 자네의 자리가 있다는 것도 알아주고."

"예."

"한국으로 오지 마라. 알았지?"

"옙."

이동건의 말에 찬열이 힘차게 대답했다.

구단을 나온 찬열은 피트니스 센터로 향했다.

"어머! 찬열 씨!"

정은지가 그를 맞이해 주었다.

"잘 지내셨어요?"

"네! 잠시만요. 관장님, 찬열 씨 오셨어요!"

거친 발소리가 들리더니 곧 한영호가 달려 나왔다.

"오오! 우리의 메이저리거!"

특유의 오버스러운 제스처와 함께 한영호가 그를 맞이했다.

세 사람은 이런저런 이야기를 나누며 시간을 보냈다. 그동안 많은 걸 도와줬던 사람들이다. 이 사람들이 없었다면 자신이 여기까지 활약할 수 있었을까 의문이 들 정도였다.

한참 동안이나 이런저런 이야기를 나누며 시간을 보낼 때.

"참, 나 결혼한다."

"결혼이요? 언제요?"

"내년 봄에 할 거야."

"아쉽네요. 시즌 중이라 참여는 못할 거 같아요. 그래도 축의금은 보낼게요!"

"두둑이 보내라!"

찬열이 미소를 지었다.

"네. 참, 형수님 되실 분은 누구세요?"

"앞에 있잖아."

찬열의 시선이 정은지에게로 향했다.

그녀는 부끄럽다는 듯 고개를 숙이고 있었다.

"헐……."

"뭐야, 그 반응은?"

"미녀와 야수네요."

"내가 야수라는 거냐?!"

한영호의 반응에 찬열이 씩 웃었다.

"정말 잘 어울리세요."

"그렇지? 참, 그런데 넌 결혼 안 하냐? 아니, 그 전에 너 애인은 있어?"

질문에 한 여자가 떠올랐다.

하지만 씁쓸하게 미소를 지었다.

"없어요."

하루 종일 사람들을 만나고 다녔다.

고마웠던 사람들, 도움을 주었던 사람들, 그리고 인연이 있었던 사람들까지. 그렇게 삼 일을 보냈다. 얼추 만나야 할 사람들을 모두 만났다.

연말까지 한국에서 시간을 보내고 1월에 보스턴으로 넘어갈 계획이었다. 아파트도 정리를 했고 차는 아버지에게 선물로 드렸다. 서서히 한국에서의 생활이 정리가 되어가고 있었다. 하지만 한 가지.

찬열이 해결하지 못한 문제가 있었다.

그는 전화를 만지작거리다 결심을 하고 전화를 걸었다.

짧은 통화음이 끝나고 상대방의 목소리가 들렸다.

"주희 씨, 저예요."

9장

보스턴의 정찬열

찬열이 서울의 한 카페에 들어섰다.
외진 곳에 있는 곳이라 사람들이 자주 찾지 않는 곳이었다.
오늘도 손님은 한 명을 제외하고는 없었다.
그 손님도 찬열과 약속이 된 여자였다.
바로 윤주희였다.
"주희 씨."
"왔어요?"
주희가 해맑은 미소와 함께 그를 맞이했다.
생각보다 얼굴이 괜찮아 보였다.
괜한 걱정을 한 건 아닌가 싶었다.
찬열이 자리에 앉자 주희가 먼저 이야기를 시작했다.
"보스턴에 가게 된 걸 축하해요."

"고마워요."

"정말 대단해요. 듣기로는 메이저리그가 규정을 바꾸기로 한 게 찬열 씨가 결정적이었다면서요?"

"그래요?"

"몰랐나 보네요. 찬열 씨의 경기를 보기 위해 관계자들이 한국을 찾았고 그러면서 류성일 선수나 한승현 선수 같은 좋은 선수를 발견하게 됐나 봐요. 그래서 구단들이 사무국에 압박을 했다고 하던데요?"

"그렇군요."

그 뒤로도 일적인 이야기가 이어졌다.

뭔가 미안한 감정을 가지고 나왔던 찬열로서는 다소 의아했다. 하지만 주희가 저렇게 나오니 뭔가 이야기를 꺼내기도 애매했다. 결국 카페를 나올 때까지 포스팅에 관련된 이야기만 하다 나오게 됐다.

"오늘 즐거웠어요. 그래도 가기 전에 보게 돼서 다행이에요."

"저도 즐거웠습니다."

"그럼 보스턴에 가서도 파이팅하세요!"

"네, 감사합니다."

멀어지는 주희를 보며 찬열은 씁쓸하게 몸을 돌렸다. 사실 주희로서도 어쩔 수 없는 선택이었다. 미국과 한국의 거리는 멀다. 그 거리를 이겨내면서 연애를 한다? 있을 수 없는 일이었다. 무엇보다 두 사람은 연인 사이가 아니었다.

결국 두 사람은 상황에 따라 이어질 수 없게 되었다.

연말을 가족과 함께 보낸 찬열은 1월, 인천공항을 통해 보스턴으로 향했다.

어머니가 마지막 순간 눈물을 보이셨지만 그래도 가족의 배웅을 받으며 비행기에 몸을 실을 수 있었다.

'먼저 스프링캠프에서 생존해야 한다.'

메이저리그 로스터에 들기 위한 생존 경쟁의 시작이었다.

보스턴의 타선은 막강했다. 그곳에 들기 위해서는 스프링캠프에서부터 눈에 띄어야 했다.

'보스턴이 내게 제시한 연봉은 유망주로서의 연봉이다. 즉, 당장의 전력으로 분류한 건 아니야.'

찬열은 현실을 냉정하게 봤다.

괜한 기대는 오히려 독이 된다.

'일단 보스턴에 넘어가면 몸을 만드는 것부터 시작해야겠어.'

원래 찬열은 매년 훈련을 일찍 시작했다.

12월이면 몸만들기에 들어간다.

하지만 올해는 달랐다.

여러 일이 있어서 제대로 된 운동을 하지 못했다.

집에서 간간히 몸을 움직이긴 했지만 도움은 되지 않았다.

'시간적 여유는 있다. 조급해하지 말자.'

1월부터 캠프가 시작되는 한국과 달리 미국의 스프링 트레이닝은 2월 중순부터 시작된다.

시즌 개막 역시 다르다.

미국은 4월에 개막전을 치르니 시간적 여유는 있었다.

'이제 시작이다.'

보스턴에 도착한 찬열은 이틀 동안 푹 쉬었다.

긴 비행으로 인해 생긴 피로와 시차 적응을 위한 것이다.

"회귀 전에도 느꼈지만 참 시차 적응은 잘한단 말이야."

시차 적응은 타고난 부분이 크다.

심한 사람은 눈을 감고 있어도 형광등을 켜놓은 것처럼 빛이 보이기도 했다.

하지만 찬열은 큰 어려움이 없었다.

몸이 어느 정도 적응이 되자 찬열은 운동을 시작했다.

호텔에는 피트니스 센터도 있기에 바로 그곳에 갔다.

"오, 시설 좋네."

웬만한 운동 기구는 다 있었다. 한 층의 절반 가까이를 사용하기 때문에 불편한 건 없었다.

찬열은 바로 운동을 시작했다.

'메이저리그에 적응하기 위해서는 파워가 필요하다.'

동양권에서는 파워로 인정을 받은 그다.

하지만 메이저리그는 또 다르다.

일본의 거포 마쓰이 히데키를 보면 알 수 있다.

NPB에서 50개의 홈런을 기록한 히데키는 뉴욕 양키스로 이적, 2008년인 작년 시즌까지 최다 홈런이 31개였다.

이적 후, 첫해에는 16개를 기록하면서 일본 홈런왕의 자존심을 구겼다.

그것만 보더라도 첫해 적응이 어렵다는 걸 알 수 있었다.

'일단은 체력을 키우자. 메이저리그는 한국보다 더 힘들게 분명해.'

한국에서 원정을 다니면 기본적으로 버스다.

하지만 미국은 아니었다.

비행기를 타고 이동을 해야 했다.

편할 수도 있지만 이동 거리만 놓고 보면 한국은 애들 장난 수준이었다. 또한, 경기 수도 30경기 이상 메이저리그가 많았다. 체력이 그 어느 때보다 중요했다.

'무엇보다 난 다른 선수들보다 체력을 더 빨리 올려야 한다.'

첫 번째 경쟁에서 이겨야 한다.

바로 스프링 트레이닝 말이다.

찬열은 완벽한 몸 상태를 만들기 위해 구슬땀을 흘렸다.

＊ ＊ ＊

한국에서 WBC 최종 명단이 나왔다.

찬열은 제외됐다.

메이저리그에 적응하라는 대표팀 감독인 이동건의 배려였다.

몇몇 야구팬이 불만을 제기했다.

하지만 대부분의 사람이 이동건의 결정을 지지했다.

그만큼 찬열의 메이저리그 적응에 많은 이가 관심을 가지고 있었다.

1월 말.

김영재가 보스턴으로 넘어왔다.

뜻밖의 손님과 함께 말이다.

"현우 선배님!"

"잘 지냈냐?"

바로 박현우였다.

"여긴 어쩐 일이세요?"

"2월부터 LA다저스에서 지도자 수업을 받는다. 겸사겸사 일찍 넘어왔다. 시기가 맞아서 영재 형이랑 같이 온 거고."

"그렇군요."

"훈련은 잘되고 있냐?"

"잘된다기보다는 그냥 열심히 하고 있습니다."

"그래? 어디 얼마나 열심히 했는지 볼까?"

세 사람은 피트니스 센터로 자리를 옮겼다.

"정말 쉬지 않으셔도 됩니까?"

"괜찮아. 그동안 게으름 피운 건 아닌지 한번 보자."

"예!"

두 사람은 곧 러닝머신 위를 달리기 시작했다. 천천히 달리다 십 분이 지났을 시점에 본격적으로 속력을 높였다.

이십 분…… 삼십 분…….

시간이 흐르자 박현우의 숨이 거칠어졌다. 하지만 찬열은 아니었다. 여전히 안정적인 호흡의 찬열을 보며 박현우는 고개를 절레절레 저었다.

'무슨 기계도 아니고!'

심장이 터질 것 같았다. 하지만 후배에게 약한 모습을 보여줄 수 없다. 현역에서 은퇴는 했지만 그런 생각을 가지고 있는 박현우였다. 그는 이를 악물고 찬열의 페이스에 맞췄다.

그 결과 다음 날, 박현우는 엄청난 근육통에 시달려야 했다.

'예전에도 괴물처럼 훈련했는데 지금은 배 이상 양을 늘려서 하다니…….'

도무지 인간으로 보이지 않았다.

하지만 입가에는 미소를 지을 수 있었다.

'혼자서 훈련한다고 해서 걱정을 했는데.'

그럴 필요가 없었다.

박현우는 천천히 몸을 일으켰다.

근육이 비명을 질러댔다.

"으으윽……."

신음을 흘리며 몸을 일으킨 그는 객실을 나가 찬열의 방으로 향했다.

'녀석을 도와주러 왔는데 누워만 있을 순 없지.'

사실 박현우가 일찍 미국에 들어온 건 찬열을 도와주기 위해서다. 혼자 훈련을 하는 건 어렵다. 그 사실을 아는 박현우는 찬열이 걱정됐다. 그래서 일찍 들어와 훈련을 도와줄 생각이었다. 한데 생각보다 훈련을 잘하고 있었다. 도와줄 것도 많지 않아 보였다.

하지만 찬열의 생각은 조금 달랐다.

'현우 선배가 와줘서 다행이야.'

혼자서 하는 훈련은 한계가 있다.

특히 기구를 이용하는 훈련에서는 부상의 위험도 있었다.

그러다 보니 크게 중량을 늘리지 못했다.

최근 트레이너를 고용해야 되나 고민하던 이유다.

그럴 때 박현우가 와준 것이다.

'지도자 수업 때문에 일찍 오셨다는 것도 내가 부담을 가질까 봐 하신 말씀이겠지.'

찬열은 박현우의 의도를 정확히 알았다.

그렇기에 더욱 열심히 훈련을 했다.

'내가 보답하는 길은 메이저리그에서 잘하는 것뿐이다.'

"자! 라스트!"

"예!"

박현우의 외침과 함께 찬열은 덤벨을 들어 올렸다.

스프링 트레이닝까지 20일.

찬열의 훈련도 서서히 강도를 높여갔다.

* * *

메이저리그 스프링 트레이닝 시즌이 돌아왔다. 찬열은 시기에 맞춰 플로리다로 이동했다. 레드삭스는 포트 마이어스에서 메이저리그 캠프를 차렸다. 김영재와 함께 플로리다에 도착한 찬열은 마중 나온 김지훈과 합류했다.

"오시느라 수고하셨습니다."

간단하게 인사를 나누고 차에 올랐다. 곧 차가 출발하자 김지훈이 오늘 스케줄을 이야기해 주었다.

"훈련은 삼 일 뒤부터 있습니다. 그동안의 자유 시간입니다. 호텔에서 지내셔도 되고 플로리다 관광을 하고 싶으시면 제게 말씀하시면 됩니다."

"알겠습니다. 호텔에는 다른 선수들도 와 있나요?"

"지금은 없습니다. 내일부터 하나둘 들어오기 시작할 겁니다."

"그렇군요."

"이틀 뒤에는 선수단이 모두 모여 인사를 하는 자리가 있을 겁니다. 그 자리에서 정찬열 선수를 정식으로 선수단에 소개를 할 거예요."

김지훈과 이런저런 이야기를 하며 차는 곧 호텔에 도착했다.

이틀 뒤.

찬열은 호텔 비즈니스 룸에 모습을 드러냈다.

레드삭스의 유니폼을 입은 그를 보며 몇몇 선수가 관심을 드러냈다.

하지만 다가오는 사람은 없었다.

그때 익숙한 얼굴이 보였다.

김지훈이었다.

그의 곁에는 건장한 체격의 백인 남성이 함께했다.

"찬열 씨."

김지훈이 내미는 손을 맞잡았다.

그리고 손을 뗐을 때 옆의 남자를 소개해 주었다.

"이쪽은 레드삭스 감독님이신 프랑코나 감독님이십니다."

"만나 뵙게 되어 영광입니다. 정찬열입니다."

"오! 영어를 매우 잘하는군. 반갑네."

세 사람이 자리에 앉았다.

프랑코나 감독은 매우 친절하게 찬열을 대했다.

"자네의 이야기는 많이 들었어. 한국에서 60홈런을 기록했다지?"

"운이 좋았습니다."

"아니야. 홈런을 그렇게 쳤으면 운이 아니라 실력이지. 레드삭스에서도 좋은 모습 보여주게."

"최선을 다하겠습니다."

"캠프의 분위기는 나쁜 편이 아니니까 적응하는 데 어려움은 없을 거야."

"예."

"그럼 난 재미없는 연설이나 하러 가야겠군. 나중에 보세."

프랑코나 감독이 자리에서 일어나 단상으로 올라갔다.

그 모습을 바라보며 찬열은 이제 시작이라는 생각이 들었다.

'캠프에서 반드시 자리를 잡겠어.'

다짐에 또다시 다짐을 했다.

캠프 첫날.

찬열은 다양한 선수들과 인사를 할 수 있었다.

대부분의 선수가 한국에 대한 호기심을 드러냈다.

정오가 조금 지났을 무렵. 공식 훈련이 모두 마무리됐다. 보통 동양인 선수들은 여기서 한 번 당황한다. 자국에서 하던 훈련보다 너무 적게 하기 때문이다. 하지만 찬열은 당황하지 않았다.

'이게 메이저리그 스타일이지.'

메이저리그는 훈련을 길게 하지 않는다. 그리고 강요하지도 않았다. 짧게 그리고 자유롭게. 그것이 메이저리그의 모토다. 그러면서도 실력이 떨어지면 바로 도태된다. 메이저리그가 잔인한 이유다. 누구도 알려주지 않는다.

스스로 해야 한다.

이런 문화에 익숙하지 않은 동양인 선수들은 첫해에 고전하는 편이다.

'최소한 난 같은 라인에 설 수 있었다.'

미국의 문화를 안다는 것.

그것만으로도 찬열은 다른 동양인 선수들보다 유리한 위치에 설 수 있다.

훈련이 끝난 뒤, 찬열은 개인 훈련을 이어갔다.

몇몇 선수도 마찬가지였다.

그렇게 캠프 첫날이 넘어가고 있었다.

찬열은 빠르게 선수단에 흡수됐다.

영어를 할 줄 알고 미국 문화를 이미 접해봤기에 가능한 일이었다.

캠프가 열린 4일째 되는 날. 찬열은 처음으로 방망이를 잡고 타석에 섰다. 타격 코치와 감독이 직접 그의 타격을 확인하기 위해 그물망 뒤에 자리를 잡았다.

"원하는 코스가 아니면 흘려보내도 돼. 편하게 쳐 봐."

감독의 조언에 고개를 끄덕였다. 배팅 볼 투수가 사인을 보내고 공을 던졌다. 딱 적당한 속도다.

찬열의 배트가 무섭게 돌아갔다.

딱–!

너무 당기는 바람에 3루 라인을 넘어갔다.

하지만 스윙은 날카로웠다.

"오우!"

프랑코나 감독이 감탄을 터뜨렸다.

주변의 몇몇 선수도 한국인 선수에 대한 호기심 때문인지 찬열을 주시했다. 배팅 볼 투수가 2구를 던졌다.

딱–!

이번에는 타이밍이 조금 어긋났다.

오랜만이라서 그런 걸까?

아니면 긴장을 한 걸까?

그러고 보니 집중을 했을 때 특유의 현상이 나오지 않았다. 찬열이 잠깐 손을 들었다. 그러고는 타석에서 물러나 눈을 감았다.

'연습이다. 긴장할 이유는 없어. 정신을 집중하고 내 타격을 가져가자.'

잡념을 떨쳐 냈다. 특유의 성격이 나오면서 긴장감이 다소 풀렸다.

프랑코나의 눈에 이채가 어렸다. 오랜 시간 야구를 해온 인물이다. 선수의 눈빛, 움직임을 보면 긴장을 했는지 아닌지 알 수 있다.

'방금 전까지만 하더라도 몸이 굳어 있었다. 스윙은 매서웠지만 어딘가 무딘 느낌이었어. 어깨에 힘이 들어갔단 증거지. 그런데…….'

타석에서 물러난 그 짧은 시간에 전체적으로 릴랙스가 됐다.

찬열이 배팅 볼 투수를 보고는 고개를 끄덕였다. 투수가 가볍게 공을 던졌다. 손에서 야구공이 떠나는 순간. 특유의 현상이 나타나면서 그의 시선에 공만이 남았다. 슬로우 영상처럼 천천히 날아오는 공에 타이밍을 맞춰 배트를 돌렸다.

후웅-!

딱-!

경쾌한 소리가 그라운드를 울렸다.

"오~"

외야를 넘어가는 타구에 선수들이 감탄을 터뜨렸다.

'대단한 스윙이야. 확실히 파워는 가지고 있어. 배트 스피드도 빠른 편이고.'

프랑코나는 감탄을 터뜨렸다.

하지만 너무 이른 감탄이었다.

딱-!

딱-!

딱-!

연달아 세 개의 공이 오른쪽, 왼쪽, 그리고 가운데를 넘어갔다.

'대단하군…….'

연습 배팅이다.

큰 의미를 둘 수는 없었다.

하지만 찬열에 대한 기대감을 높일 수 있었다.

프랑코나는 자신이 가진 수첩에 찬열의 이름을 써넣었다.

'연습 경기가 기대되는군.'

캠프 일주일이 되었다. 메이저리그 캠프는 실전에 들어가기 시작했다. 레드삭스 역시 자체 청백전으로 경기 감각을 끌어올렸다.

딱-!

"나이스 배팅!"

중견수 앞에 떨어지는 깔끔한 안타였다. 벤치에 앉아 있는 찬열은 몸이 근질거렸다. 자신도 빨리 경기장에 나가 공을 때리고 싶었다.

'오늘은 안 나가려나?'

프랑코나 감독은 마이너리그 선수 위주로 첫날 청백전을 치렀다.

메이저리그 로스터에 들어와 있는 선수 중 대부분은 더그아웃이나 경기장 주변에서 시간을 보내고 있었다.

'참, 자유롭단 말이지.'

경기장의 이런 분위기가 마음에 들었다.

5회가 끝났을 때.

찬열에게 배터리 코치가 다가왔다.

"정, 7회쯤에 나갈 거니까. 미리 준비해 둬."

"알겠습니다."

"수비도 할 거야."

"예!"

기회가 왔다. 찬열은 자리에서 일어나 더그아웃을 나갔다.

그리고 화장실로 향했다. 수비에 나가기 전에 미리 비워 둘 생각이었다. 볼일을 보고 다시 경기장으로 향할 때.

한 백인 남성이 다가와 그에게 물었다.

"헤이, 레드삭스 팬이야?"

그는 찬열의 뒤로 걸어가 등에 적힌 이름을 보고는 고개를 갸웃했다.

"정? 이런 선수가 보스턴에 있었나?"

"팬이 아니라 선수입니다."

"선수? 네가?"

백인 남성이 피식 웃었다.

그러다 문득 떠올랐는지 눈을 크게 떴다.

"아~ 한국에서 왔다는 유니폼 판매용 선수로군!"

찬열의 얼굴이 일그러졌다.

아무리 팬이라지만 눈앞에서 저런 말을 한다니?

"하하! 미안, 조크였어."

신경을 거슬리게 만든 그는 이내 찬열에게서 멀어져 갔다.

그를 바라보며 한숨을 내쉬었다.

'짜증은 나지만 이게 지금 내 현실이겠지.'

레드삭스의 팬은 열정이 넘쳤다.

한국에는 부산 자이언츠, 일본에는 한신 타이거즈.

그리고 미국에는 레드삭스가 있다, 라는 이야기가 있을 정도였다. 그들은 야구에 미쳐 있었다. 그래서 애정이 많았다. 선수의 영입, 팀의 변화 등. 일반 팬이 모를 부분까지 캐치를 하고 있었다. 캠프장에 온 팬은 대부분 그런 사람이다.

스프링 트레이닝에 오는 팬들의 대부분은 휴가를 이용해 플로리다까지 찾아온 사람들이다. 야구에 대한 열정이 얼마나 대단한지 알 수 있었다. 그랬기에 찬열의 영입에 많은 이야기를 했었다. 현재 보스턴에서 찬열의 위치는 유니폼 판매용, 그 이상 이하도 아니었다.

즉, 기대감이 전혀 없는 상황이란 소리다.

방금 전 팬이 알아보지 못한 것만 보더라도 그의 위치를 알 수 있었다.

'이런 기분 오랜만인데.'

승부욕이 불타오르기 시작했다.

더그아웃에 돌아오자 막 공수교대가 되고 있었다.

"정, 다음 이닝 공격부터 나갈 거야. 선두타자로 갈 거니까 미리 몸 풀어 둬."

"알겠습니다."

코치의 이야기에 대답을 하고 배트를 잡았다.

한쪽에서 배트를 휘두르기 시작하자 몇몇 팬이 관심을 보였다.

하지만 그것도 잠시.

유니폼을 확인하고는 관심을 꺼버렸다.

찬열도 별로 신경 쓰지 않았다.

'내가 해야 할 건 실력으로 인정받는 거다.'

집중해서 배트를 돌리는 데 열중했다.

6회 말은 순식간에 끝났다.

"정! 들어가도 돼."

"네."

코치의 말에 헬멧을 쓰고 타석에 섰다. 확 트인 경기장이 눈에 들어왔다. 찬열은 한국에서처럼 루틴을 가져갔다. 선수들은 그런 찬열을 주시했다. 어떤 모습을 보여줄지 기대가 됐다. 프랑코나 감독 역시 마찬가지였다.

'연습 배팅처럼 스윙을 보여주면 좋을 텐데.'

프리배팅과 경기는 다르다.

찬열이 메이저리그 선수의 공을 처음으로 상대하는 순간이었다. 기회가 왔을 때 잡지 못하면 저 멀리 달아난다.

그리고 기회를 잡을 수 있는 사람은 미리 준비한 사람이다. 찬열은 준비가 되어 있는 사람이었다.

집중력을 끌어올렸다.

그라운드의 풍경이 사라졌다. 이어서 수비들도 그 자취를 감췄다. 보이는 건 오직 마운드 위의 투수 하나였다.

투수가 와인드업을 했다. 한국처럼 정석에 가까운 투구 폼이 아니다. 팔을 옆으로 쭉 피면서 테이크백을 했다.

흑인 특유의 유연성과 긴팔이 아니면 나올 수 없는 투구 동작이었다. 특히 디셉션이 좋았다. 팔이 뒤로 젖히면서 공이 완전히 모습을 감췄다. 하지만 영원히 공을 숨길 순 없다.

그의 팔이 앞으로 뻗어 오면서 공이 모습을 드러냈다. 릴리스 포인트에 공이 다다르는 순간. 찬열의 발이 땅을 내디뎠다. 동시에 투수가 공을 뿌렸다. 완벽한 타이밍.

찬열의 허리가 돌아갔다. 공이 서서히 낙하하기 시작했다. 포심이 아닌 컷패스트볼이었다. 컷패스트볼은 떨어지면서 횡으로 휜다. 포심에 맞춘 스윙으로는 공을 때릴 수 없었다.

찬열은 무게 중심을 옮겼다. 순간적인 중심 이동으로 하체가 흔들릴 수도 있는 일이다. 하지만 말처럼 발달한 찬열의 하체 근육은 갑작스러운 이동에도 단단하게 그의 몸을 지탱해 주었다.

"흡-!"

딱-!

마지막 순간 팔을 최대한 팔로 스윙을 했다.

타구가 날아가는 게 보였다.

완벽한 스윙이었다.

타구는 오른쪽 담장 밖으로 모습을 감췄다.

"오오오오!"

"나이스 홈런!"

동료들이 감탄을 터뜨렸다.

간단하게 배트를 돌린 것 같지만 그 안에 담긴 메커니즘을 파악했기 때문에 감탄한 것이다.

프랑코나 역시 마찬가지였다.

'기초가 잘 잡혀 있다. 매우 좋은 스윙이었어.'

찬열에 대한 호기심이 조금 더 상승했다. 이후에도 찬열은 한 번 더 타석에 들어섰다.

거기서도 2루타를 기록하며 타격면에서는 완벽한 모습을 드러냈다. 하지만 수비에서는 조금 아쉬움을 남겼다. 투수와 호흡이 잘 맞지 않은 것이다. 정확히는 투수를 휘어잡지 못했다. 프랑코나는 그 부분에서 크게 의미를 두지 않았다.

'아직은 적응할 때다. 그리고 이 캠프에는 200명에 달하는 선수가 있다. 그들 하나하나를 파악하지 못했을 뿐이야.'

찬열에게 기대하는 건 타격이다.

포수적인 측면이 조금 부족하더라도 현재까지는 충분히 합격점이었다.

'내일 경기는 조금 더 길게 봐야겠어.'

첫날 경기를 끝낸 찬열이 더그아웃에서 짐을 챙기고 있었다. 스프링 트레이닝이 열리는 경기장의 담장은 매우 낮다.

그러다 보니 팬과 선수가 가까이에서 이야기를 나눌 수 있었다.

"헤이! 정!"

자신을 부르는 소리에 고개를 들었다. 더그아웃 바로 옆 관중석에서 익숙한 얼굴의 남자가 보였다.

화장실을 갈 때 만났던 남자다. 찬열이 자신을 바라보자 남자가 공을 내밀었다.

"미안한데 사인해 줄 수 있어?"

불쾌한 기분이 사라지지 않은 상황이다. 해주고 싶지 않았다. 그때 남자의 등 뒤에 서 있는 아이가 보였다.

금발이 인상적인 아이였다. 대여섯 살쯤 되었을까? 보스턴 레드삭스 저지를 입고 있었다.

'에휴.'

속으로 한숨을 쉰 찬열이 공을 받았다.

그리고 사인을 했다.

"아이 이름이 뭐야?"

"니켈로! 잭 니켈로!"

이름까지 쓴 찬열이 무릎을 꿇고 아이와 눈높이를 맞췄다.

"앞으로 잘 부탁해."

"응원할게요!"

두 주먹을 불끈 쥐는 게 귀여웠다.

찬열이 미소를 지어주고는 몸을 일으켰다.

"아까는 미안했어."

남자가 사과를 했다.

소년의 미소를 본 찬열은 화가 이미 풀린 상황이었다.

"앞으로 응원해 주면 돼."

"그래, 꼭 응원할게!"

악수를 나누고는 찬열이 더그아웃을 빠져나갔다.

메이저리그에 와서 처음으로 한 사인이었다.

* * *

레드삭스의 팬사이트에 하나의 글이 올라왔다.

한 동양인 타자에 관한 글이었다.

—이야기 들었어? 마이어스에서 동양인 포수가 아주 날리고 있다면서?

—동양인 포수? 혹시 정을 이야기하는 거야?

—맞아, 4경기에서 벌써 홈런을 2개나 만들어 냈어.

—대단한데. 난 레드삭스가 왜 그의 포스팅에 참여했나 했었는데.

—나도 동감이야.

팬들 사이에서 찬열에 대한 이름이 서서히 돌기 시작했다.

하지만 아직까지는 일부에게만 이름을 알리고 있었다.

그렇다 하더라도 그의 이름은 확실히 팬들에게 언급이 되고 있었다. 선수들 사이에서도 찬열은 좋은 평가를 받았다.

누구보다 일찍 운동장에 나와 가장 늦게 호텔에 들어가는 그의 모습을 좋게 본 것이다. 코칭스태프 역시 마찬가지였다.

적극적이면서도 야구에 대한 열정을 보여주는 그를 싫어할 코치는 없었다. 찬열은 투수들 사이에서도 평가가 좋았다.

먼저 다가와 투수와 이야기를 나누려 했고 리드에서도 투수의 마음을 아는 것처럼 볼 배합을 해왔다. 찬열이 레드삭스의 일원으로 서서히 녹아들고 있던 3월.

한국에서 비보가 날아들었다.

[한국 대표팀 WBC 2회 대회에서 2라운드에서 탈락.]

[일본의 넘을 수 없는 벽.]

[병역 혜택이 없는 대회에서 보여준 대표팀의 무기력한 모습은 실망은 이루 말할 수 없다.]

"이게 무슨……."

찬열의 얼굴이 굳어졌다. 월드 베이스볼 클래식 2회 대회. 여기서 한국은 일본에 이어 준우승을 차지한다. 그래서 걱정하지 않았다. 그런데 2라운드 탈락이라니?

"또다시 변했다……."

그것도 최악으로 말이다.

* * *

며칠 뒤.

김영재가 캠프장을 찾았다.

찬열은 인근의 카페에서 그와 해후했다.

"훈련은 잘하고 있지?"

"네, 형님은 얼굴에 살이 많이 빠지셨네요."

"하하, 그래?"

약간의 텀을 두고 찬열이 본론을 꺼냈다.

"어떻게 된 겁니까? 2라운드에서 탈락을 하다니……."

"후우-! 난리도 아니었다. 야구 관계자들도 실망을 많이 했고 무엇보다 올림픽 때문에 기대가 높아졌던 국민들의 기대를 저버린 게 크지."

"병역 혜택이 없다는 기사가 떴는데……."

"뭐, 그것도 영향이 없다고는 할 수 없는데 문제는 일본이 너무 강했다. 특히 스지우치 녀석이……."

"스지우치라면 올림픽에서도 공략을 했던 투수잖아요?"

"그래. 그런데 이번에는 아예 칼을 갈고 나왔어. 3월인데도 구속이 160㎞가 나오더라. 대표팀은 완전 풍차가 되어서 헛스윙만 해댔지."

"그렇군요……."

스지우치에 잘했다는 이야기에 가슴이 무거웠다.

원래라면 역사 속으로 사라졌어야 될 선수다.

그런데 부활했다.

자신 때문에 말이다.

'스지우치의 부활이 이런 결과를 낳을 줄이야.'

예상도 못했던 일이다.

표정이 어두워지는 찬열을 보며 그 이유를 다른 곳에서 찾은 김영재가 입을 열었다.

"한국 네티즌이 인터넷에서 말하는 건 그냥 한 귀로 흘려라. 원래 인터넷이 그런 공간 아니겠냐?"

찬열이 씁쓸하게 웃었다.

그것에 대해서는 생각도 하지 않고 있었는데 저 이야기라니. 그만큼 걱정한다는 뜻일 것이다.

현재 한국의 야구 커뮤니티에서는 찬열에 대한 비난의 목소리도 높았다. 이번 대회에서 대체적으로 포수들이 부진을 했다는 것이 한몫했다. 찬열도 첫날 커뮤니티를 확인하고는 두 번 다시 들어가지 않았다. 원색적인 비난이 많았기 때문이다.

"괜찮습니다. 별로 신경 안 써요."

"휴우-! 그나저나 문제가 크다. 관계자들은 이번 대회에서 일본에게 연패를 한 것이 흥행에 직격탄이 될 수도 있다는 말을 하고 있어."

국제 대회는 양날의 검이다.

특히 이번 WBC는 한국 야구사에 매우 중요한 경기였다.

베이징 올림픽이란 큰 대회에서 금메달을 목에 걸었기 때문이다. 그다음 대회인 WBC에서 좋은 성적을 거두었으면 국민의 관심을 집중시킬 수 있었을 것이다. 실제로도 그렇게 됐었고 말이다. 하지만 이제는 아니었다.

일본에게 2번 연속 패배를 하면서 국민의 관심이 식을 수도 있는 문제였다.

'내가 지금 할 수 있는 게 뭘까?'

책임감을 느끼는 건 아니었다.

자신 하나가 있었다고 대회에서 좋은 성적을 거두었을 거란 생각은 오만한 것이었다. 하지만 약간의 책임은 느꼈다. 스지우치의 활약 때문이었다. 그랬기에 책임을 지고 싶었다.

'내가 할 수 있는 건…….'

찬열이 창밖을 바라봤다.

포트 마이어스의 캠프장이 눈에 들어왔다.

'여기서 잘하는 거다.'

3월.

메이저리그 시범 경기가 시작되는 기간이었다. 메이저리그 시범 경기는 스프링 트레이닝이 열리는 곳에서 펼쳐진다.

한국이 홈 경기장을 사용하는 것과는 다른 점이었다.

시범 경기 첫날.

레드삭스의 상대는 피츠버그 파이어리츠였다.

'벤치에서 기다리는 건 오랜만이네.'

찬열은 더그아웃에 앉아 있었다. 오늘 경기의 선발은 조시 베켓이 맡았다. 마스크를 쓴 것은 보스턴의 안방마님인 배리 텍이었다.

'올 시즌 배리텍을 이겨야 한다.'

배리텍은 3~4년 안으로 은퇴를 한다.

하지만 이번 시즌에는 좋은 성적을 거둔 걸로 기억한다.

즉, 만만치 않은 상대란 것이다.

'지금 내가 해야 될 건 배리텍의 리드를 내 것으로 만드는 거다.'

찬열은 배리텍의 플레이 하나하나를 유심히 지켜봤다.

그가 베켓을 리드하는 방법, 볼 배합, 투수를 진정시키는 방법까지 말이다.

'타격이 좋다고 생각했는데 포수의 능력도 좋다. 하긴, 메이저리그에서 몇 년을 뛴 베테랑인데…….'

최고의 선수들이 모인 곳이 메이저리그다.

그곳에서 베테랑이 되었다는 건 세계 최고의 선수 중 한 명이란 소리였다.

'그의 모든 걸 배우자.'

배리텍의 플레이를 눈에 하나하나 새겨 넣었다. 경기는 투수전으로 이어졌다. 베켓은 에이스답게 5이닝을 1피안타로 틀어막았다. 투수가 교체가 됐다. 경기는 점점 후반으로 치달았다.

스코어는 3 대 1. 보스턴이 뒤지고 있었다.

스코어보드의 7회에 불이 들어왔다.

'슬슬 찬열이를 내보내도 될 텐데…….'

김영재는 관중석에 앉아 있었다.

그의 시선은 그라운드보다는 더그아웃에 향해 있었다.

당연히 찬열 때문이었다.

자신의 고객이기 이전에 동생으로서 벤치만 달구는 모습이 썩 유쾌하진 않았다.

연습 경기에서 꽤 좋은 모습을 보여주었기에 더욱 아쉬웠다. 그때였다.

더그아웃의 찬열이 움직이기 시작했다. 헬멧을 챙기고 자신의 배트를 집어 드는 모습에 기대감이 피어올랐다.

'나오는 건가?'

곧 감독이 무거운 엉덩이를 움직였다.

구심과 이야기를 나누고는 더그아웃으로 들어갔다.

그리고 찬열이 타석으로 걸어 나왔다.

가슴이 떨렸다. 한국을 지배했던 천재 타자가 메이저리그

무대에 모습을 보이고 있는 것이다.

'여기 있는 대다수는 찬열이 누군지 모르겠지.'

안다고 하더라도 인터넷에서 찾은 정보가 전부일 것이다.

하지만 자신은 알고 있다. 찬열이 어떤 선수인지를 말이다.

'야구의 본고장에 네 실력을 보여줘.'

김영재가 기대 어린 시선으로 타석에 서는 찬열을 바라봤다.

"후우-!"

배트를 든 찬열이 깊게 숨을 몰아쉬었다. 정신을 집중하고 자신의 히팅 포인트를 만들어냈다. 눈앞에 그려지는 포인트에 배트를 가져갔다. 포인트를 고정시킨 찬열이 집중력을 더욱 끌어올렸다. 그러자 1루에 서 있는 주자의 모습이 사라졌다. 이어서 수비들도 모습을 감추었다.

남은 건 마운드 위의 투수와 자신뿐이었다.

"흡-!"

퀵모션과 함께 공을 뿌렸다. 무척 빨랐다. 그리고 간결했다. 빠르게 몸 쪽으로 날아오는 공에 찬열의 배트가 돌아갔다. 홈플레이트 앞에서 공이 뚝 떨어졌다.

찬열은 무게 중심을 아래로 낮추며 공에 배트를 맞춰갔다.

그때였다.

후웅-!

공의 위로 배트가 지나갔다.

"스트라이크!"

헛스윙이 나왔다.

찬열이 놀란 눈으로 미트에 들어간 공을 바라봤다.

'설마 거기서 한 번 더 떨어지다니.'

투수가 던진 구종은 포크볼이었다.

분명 궤적을 생각해서 배트를 돌렸는데 또 한 번 떨어진 거다.

'정신 차리자. 여기는 메이저리그야.'

아직 한국에서의 이미지가 남았던 거 같다.

찬열은 가볍게 고개를 저어 잡념을 떨쳐 냈다.

투수가 사인을 교환했다.

'초구에 떨어지는 구종으로 유인을 했다. 그렇다면 포심으로 올 가능성이 높아.'

자신이 포수라면 그렇게 리드할 것이다.

판단을 내린 찬열이 타이밍을 잡아갔다. 그때 투수가 공을 뿌렸다. 특유의 빠른 템포였다. 찬열도 그 템포에 맞춰 스윙을 가져갔다.

포심이라 판단을 했기에 평소보다 빠르게 스윙을 했다.

공과 배트가 충돌했다.

'큭!'

손에서 느껴지는 충격이 심상치 않았다.

찬열은 이를 악물고 배트를 돌렸다.

따악-!

'제대로 맞았다!'

이건 넘어간다.

그런 느낌이 들었다. 그리고 예상은 정확히 맞아 떨어졌다. 타구는 그대로 가운데 담장을 넘어갔다.

"오오오오!"

"대단해!"

김영재는 주변에서 터지는 감탄사에 미소를 지었다.

'자식, 첫 타석부터 홈런이라니.'

베이스를 도는 찬열이 자랑스러웠다.

첫 시범 경기가 끝났다.

찬열은 많은 기자에게 둘러싸여 있었다. 레드삭스의 전담 기자들이었다. 김영재는 그 모습을 멀리서 지켜봤다.

'의외로 한국 기자들이 많이 오지 않았네.'

다소 씁쓸한 모습이었다.

사실 한국에서 찬열에 대한 부정적인 기사가 많이 나왔다.

관계자들의 예상도 찬열이 메이저리그에 잘 적응하지 못할 것이란 이야기를 자주했다.

거기다가 WBC의 탈락으로 인해 사람들의 관심이 거기에 집중됐다.

찬열을 찾아온 기자의 수가 줄어든 이유다.

'이유는 알지만 그래도 씁쓸한 건 어쩔 수 없군.'

KBO에서 최초로 메이저리그에 직행한 선수다.

관심이 없는 언론이 선뜻 이해가 되지 않았다. 하지만 찬열은 아예 관심도 없었다. 한국 언론이 자신을 어떻게 생각하든, 그들이 무어라 기사를 쓰든 말이다.

그저 현재 자신이 일에 충실할 뿐이었다.

인터뷰를 끝낸 찬열은 더그아웃을 나오는 길에 팬들과 마주쳤다. 대부분이 레드삭스의 주전급 선수들에게 사인을 받고 있었다.

막 그들을 지나쳐 가려는 순간.

한 소년이 야구공을 내밀었다.

"사인해 주세요!"

"나?"

"네! 오늘 홈런 정말 멋졌어요!"

"하하, 고마워."

찬열이 야구공에 사인을 해서 소년에게 건넸다.

"고마워요!"

"그래, 앞으로도 응원 부탁한다."

"네!"

사인 볼을 한 손에 들고 소년이 다른 선수에게 다가갔다.

다시 걸음을 옮기려고 할 때. 또 다른 소년이 다가왔다.

한 명이 아니었다. 여러 명의 소년과 레드삭스 팬들이 다가와 찬열에게 사인을 요구했다. 사실 찬열은 레드삭스 골수팬들에게는 꽤 유명했다.

연습 경기에서 오티즈 다음으로 많은 홈런을 때려낸 것이 알려졌기 때문이다.

한 방이 있는 선수는 언제나 팬들에게 인기가 많았다.

게다가 오늘 경기에서는 홈런까지 기록했다.

팬들의 뇌리에 정찬열이란 이름이 새겨지기 시작했다.

* * *

찬열의 활약은 두 번째 경기에서도 이어졌다. 이번에도 중간에 교체되어 타석에 섰다. 첫 번째 타석은 뜬공으로 물러났다. 하지만 두 번째 타석.

2사 2루의 기회를 맞이했다. 레드삭스가 1점 뒤지고 있는 상황이었다. 점수가 절실한 상황. 초구 스트라이크를 놓치고 2구를 파울로 만들어 투스트라이크까지 밀렸다. 하지만 찬열은 차분하게 3구를 기다렸다. 그리고 밋밋하게 떨어지는 포크볼을 그대로 받아쳤다. 매섭게 날아간 타구는 그대로 담장을 때렸다. 1타점 2루타였다. 연속해서 활약하자 프랑코나 감독은 더 많은 기회를 부여했다.

세 번째 경기에서는 5회부터 경기에 나섰다. 타석에 3번

들어설 수 있었고 모두 안타를 기록했다. 특히 2번째 타석에서 때려낸 장타 코스에 3루까지 전력 질주하는 모습은 레드삭스 팬들에게 큰 호감을 주었다. 타석에서만이 아니다.

찬열은 포수로서 마스크를 쓸 때에도 좋은 모습을 보여주었다. 특히 베테랑 투수들을 이끌어가는 모습에 프랑코나 감독에게 신선한 충격을 주었다.

사실 레드삭스는 포수라는 포지션이 취약했다.

베테랑인 배리텍이 있기는 했지만, 은퇴가 멀지 않았다.

그의 뒤를 이을 유망주들이 자리를 잡고 있긴 했지만 말 그대로 유망주에 불과했다.

당장 사용할 전력으로는 부족했다.

그런 상황에서 찬열이 좋은 모습을 보여주고 있었다.

'선발로 써볼까?'

이런 생각을 하는 건 당연했다.

변화가 생긴 건 프랑코나 감독만이 아니었다. 팀메이트들 역시 조금 더 편하게 찬열을 대하기 시작했다. 특히 투수진의 변화가 가장 도드라졌다.

"헤이! 정, 오늘 와일드 피치가 많이 나와서 미안해."

오늘 호흡을 맞췄던 중간 투수인 아담이 스포츠 음료를 건넸다.

"괜찮아. 이런 날도 있는 거지. 음료수 잘 마실게."

찬열은 언제나 최선을 다해 공을 잡는다. 그러다 보니 경기가 끝나면 유니폼이 항상 더러웠다. 그 모습을 보는 동료들은 그의 허슬 플레이에 혀를 내둘렀다.

찬열의 활약은 한국의 언론사들도 변하게 만들었다.

그동안 취재에 미온적이었던 언론사들은 연일 이어지는 찬열의 활약에 급하게 기자들을 파견했다. 덕분에 한국어로 인터뷰를 하는 일이 늘어났다.

"참, 찬열 씨. 그 이야기 들었어?"

스포츠 투데이라는 잡지의 기자인 황규태가 인터뷰 내용을 수첩에 적다 문득 떠오른 듯 물었다.

"무슨 이야기요?"

"공중파에서 레드삭스와 경기 중계에 대해서 협상하고 있다던데?"

"공중파에서요?"

"응, 케이블 계열사로 나가긴 할 테지만 그래도 그게 어디야?"

한국에서 메이저리그 경기는 원래 중계를 하고 있었다. 하지만 중계가 되는 경기는 한정적이었다. 박찬태나 추신성이 뛰는 경기가 전부였다. 그것도 시청률이 나오지 않아 방송국이 애를 먹고 있는 게 현실이었다. 그러다 보니 찬열이 레드삭스에 진출을 했음에도 불구하고 중계가 결정되지 않았었다. 중계권료는 비싸다. 그렇기 때문에 함부로 선택할 수 없었다. 하지만 찬열이 시범 경기에서 좋은 활약을 보여주면서 방송국의 마음이 바뀌기 시작한 것이다.

호텔로 돌아간 찬열은 짐을 풀었다. 저녁을 먹고 로비를 지나고 있을 때, 프랑코나 감독과 마주쳤다.

“정! 잠깐 할 말이 있으니 내 방으로 가지.”

“알겠습니다.”

찬열은 프랑코나 감독의 뒤를 따랐다.

레드삭스에 온 뒤로 프랑코나 감독과 독대를 한 경우는 없었다. 대부분 다른 사람과 같이 이야기를 했다. 그랬기에 약간의 긴장이 몸을 타고 흘렀다. 감독의 방이라고 해서 특별한 건 없었다. 그저 조금 더 넓은 정도?

그리고 테이블 위에 종이가 널브러져 있었다.

“자리에 앉지.”

“네.”

소파에 앉자 프랑코나 감독이 이야기를 꺼냈다.

“모레 경기에 자네를 선발로 내보낼까 하네.”

현재까지 찬열은 선발로 마스크를 쓰고 경기에 나선 적이 없다.

모두 대타로 중간부터 경기에 나섰다.

그랬기에 프랑코나 감독의 말이 무척이나 반가웠다.

“맡겨 주시면 최선을 다하겠습니다.”

“음, 그날 선발은 베켓일세. 호흡을 맞출 거니까 미리 잘 이야기를 해봐.”

"예!"

"자네에 대한 기대가 매우 크네."

"기대에 부응해 보도록 하겠습니다."

그 뒤로 대화를 더 나누고 방을 나왔다.

찬열은 곧장 방으로 돌아갔다.

그러고는 며칠 전 있었던 베켓의 등판 내용을 확인했다.

'지훈 형에게 미리 받아 두길 잘했어.'

찬열은 한국에서처럼 리포트를 받아 노트북에 저장해 두었다.노트북에 띄운 건 최근 피츠버그와 시범 경기를 할 때 베켓의 투구 내용이었다.

찬열은 그것들을 차근차근 살피면서 베켓에 대한 분석을 시작했다. 그의 구종, 버릇, 좋아하는 코스 등.

모든 것을 머릿속에 기억시켰다. 밤늦게까지 베켓에 대해 연구를 한 찬열은 새벽이 되어서야 잠에 들었다. 늦게 잠에 들었지만 일어나는 시간은 같았다. 찬열은 대충 씻고 곧장 호텔 내부에 있는 피트니스 센터로 향했다.

안에 들어서자 몇몇 선수가 보였다. 가볍게 인사를 한 찬열이 러닝머신에 올라섰다. 아침 운동을 끝낸 찬열은 식사를 하고 다시 조시 베켓의 연구에 들어갔다.

그는 식사 시간을 제외하고는 휴식도 하지 않은 채 작년 베켓의 투구 내용을 유심히 살폈다. 밤이 되어서야 그는 노트북에서 눈을 뗐다. 그는 침대에 앉아 명상에 들어갔다.

정확히 이야기하면 내일 있을 경기의 시뮬레이션을 머릿속에 그렸다.

한참 동안 눈을 감고 집중하던 찬열의 입가에 미소가 그려졌다.

준비가 끝났다.

to be continued

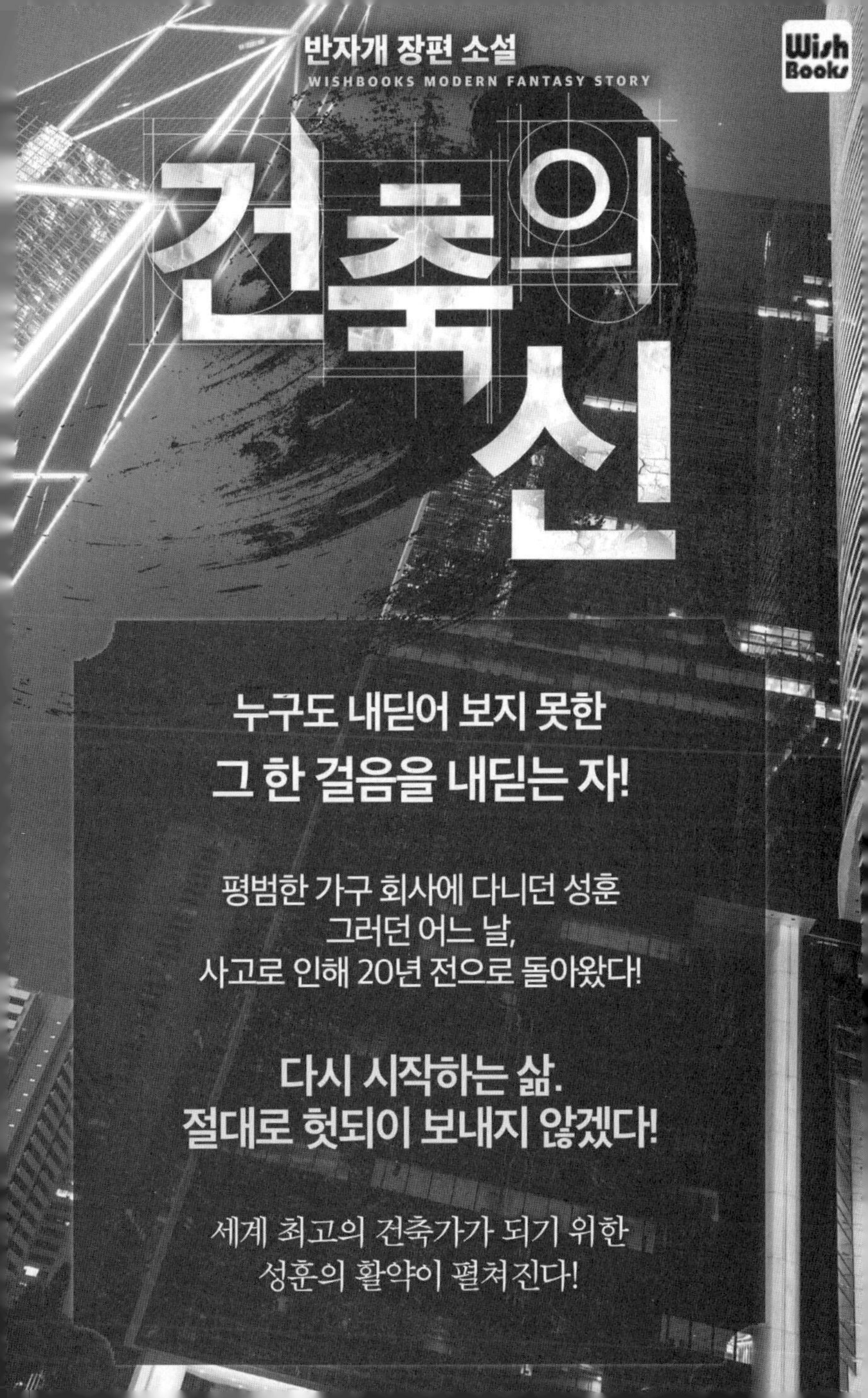
반자개 장편 소설
WISHBOOKS MODERN FANTASY STORY
Wish Books
건축의 신
누구도 내딛어 보지 못한
그 한 걸음을 내딛는 자!
평범한 가구 회사에 다니던 성훈
그러던 어느 날,
사고로 인해 20년 전으로 돌아왔다!
다시 시작하는 삶.
절대로 헛되이 보내지 않겠다!
세계 최고의 건축가가 되기 위한
성훈의 활약이 펼쳐진다!

Wish Books

온후 현대 판타지 장편 소설

던전사냥꾼

Dungeon Hunter

나는 실패했고, 다시 도전한다.
더 이상 실패란 없다!

마왕이 되고자 했으나 실패한 랜달프
생의 마지막 순간
과거로 돌아오다!

다시 한 번 주어진 기회
이제 다시는 잃지 않겠다!

지구에 나타난 72개의 던전과 그곳의 주인들.
그리고 각성자들.
나는 그들 모두를 잡아먹는 사냥꾼이다.